KB080321

검은 늑대 14권

초판1쇄 펴냄 | 2022년 10월 21일

지은이 | K.석우
발행인 | 성열관

펴낸곳 | 어울림 출판사
출판등록 / 2009년 1월 23일 제 2015-000062호
주소 / 경기도 고양시 일산동구 무궁화로 43-55, 801호 (장항동, 성우사카르타워)
TEL / 031-919-0122
FAX / 031-919-0127
E-mail / 5ullim@hanmail.net

ⓒ2022 K.석우
값 8,000원

ISBN 978-89-992-8102-0 (04810)
ISBN 978-89-992-7540-1 (SET)

OULIM MODERN FANTASY

14

검은 늑대

K.석우 현대판타지 장편소설

어울림

검은 늑대

목차

필독

　작품 속에 등장하는 대한민국 특임부대와 지휘 계통 그리
고 작품에서 서술되는 모든 상황들은 작가의 창작으로 구성
된 허구입니다.
　최대한 현실 상황에 맞게 집필을 할 생각이지만 작품 속에
서 언급되는 모든 주제는 작가가 임의로 설정한 것이니 참고
해 주시기 바랍니다.

깨어진 거울 (2)

"어서 오십시오. 아침에 박 상무님의 연락을 받고 기다리고 있었습니다."

반백의 머리카락을 가진 중년 남자가 정중하게 인사를 했다.

그는 태진그룹 회장 부인인 김수옥 여사의 주치의인 백창호 교수였다.

마스크와 스카프로 얼굴을 가린 정혜진이 마주 인사를 했다.

"안녕하세요. 박 상무님의 아내인 정혜진입니다."

정혜진은 자신의 얼굴이 드러나지 않도록 스카프와 마스

크로 얼굴을 감싸고 있었다.

백창호 교수가 빙긋 웃으며 정혜진을 바라보았다.

"허허, 지난겨울에 결혼을 하실 때 예식장에서 뵌 적이 있었지요. 사모님께서는 기억하실지 모르겠습니다만."

백창호 교수는 정혜진과 박규동의 결혼식에 참석을 했던 사람이다.

그래서 정혜진을 본 기억이 났다.

정혜진이 다시 머리를 숙였다.

"감사합니다."

정혜진은 그가 시어머니의 주치의라는 이야기만 들었다.

그가 자신의 결혼식에도 참석한 사람인지는 알지 못했다.

백창호 교수가 자신의 앞쪽 의자를 가리키며 입을 열었다.

"일단 좀 앉으시지요."

"네."

정혜진이 백창호 교수가 권하는 의자에 앉았다.

백창호 교수와 정혜진이 만난 곳은 외래 진료실이 아니었다.

그곳은 백창호 교수의 개인 연구실이었다.

정혜진이 자리에 앉자 백창호 교수가 입을 열었다.

"박 상무님께 대략 이야기는 들었습니다만 사모님의 얼굴에 문제가 생긴 것 같다고요?"

박규동은 백창호 교수와 약속을 잡으며 대략적인 상황을 설명했다.

하지만 백창호 교수는 전화 통화만으로는 정혜진의 상태를 짐작할 수 없었다.

그는 궁금한 표정으로 정혜진을 빤히 바라보았다.

정혜진이 머리를 끄덕였다.

"네……."

말꼬리를 흐리는 정혜진의 목소리는 무척 불안해하는 느낌이 들었다.

백창호 교수가 빙긋 웃었다.

"피부에 트러블이 일어난 것인가요?"

돈이 많은 재벌가의 집안사람들은 대부분 자신의 건강뿐만 아니라 피부 미용에도 상당히 많은 투자를 하는 편이다.

때문에 남들에게는 별 것 아닌 트러블도 무척 심각하게 생각하는 편이었다.

그 때문에 자신의 전공이 피부과가 아니지만 일단 정혜진을 먼저 만나려고 했다.

정혜진이 여전히 불안한 목소리로 대답했다.

"그게… 어제까지는 그렇게 심한 것 같지는 않았어요."

"그래요?"

"그런데 아침에 일어나보니 저의 얼굴이 변해 있었어요."

정혜진의 대답을 들은 백창호 교수가 이마를 살짝 찌푸렸다.

"제 전공이 피부과는 아니지만 하룻밤 사이에 갑자기 그렇게 심각한 트러블로 발전하는 것은 흔한 일이 아닌 것 같군요."

백창호 교수가 혼잣말처럼 중얼거리며 정혜진을 바라보며 입을 열었다.

"제가 직접 사모님의 얼굴을 확인할 수 있겠습니까?"

정혜진이 머리를 끄덕였다.

"네."

짧게 대답을 한 정혜진이 이내 얼굴을 가리고 있던 스카프를 풀었다.

그리고 마스크를 벗었다.

순간 백창호 교수의 얼굴이 딱딱하게 굳어졌다.

"이, 이게……."

백창호 교수의 눈이 커졌다.

수십 개의 붉은색의 반점이 보였다.

그리고 반점의 가운데는 노란 고름들이 엉글어 있었다.

보는 것만으로도 역겨운 모습이었다.

백창호 교수가 눈을 치켜뜨며 물었다.

"이게 하룻밤 사이에 이렇게 된 것이라고요?"

정혜진이 흔들리는 시선으로 백창호 교수의 얼굴을 바라
보았다.

"네. 어제 잠들기 전에는 이렇지 않았어요."

"허어… 세상에."

백창호 교수가 눈을 깜박이며 다시 한번 그녀의 얼굴을
살폈다.

심각한 통증이 느껴질 것 같은 모습이었다.

백창호 교수가 다시 물었다.

"아프지는 않습니까? 통증이 없냐는 말입니다."

정혜진이 머리를 흔들었다.

"전혀 통증이 없어요. 다만 얼굴이 조금 당기는 느낌이
들뿐이에요."

정혜진의 대답을 들은 백창호 교수가 입술을 잘근 깨물
었다.

"얼핏 보면 독성에 피부가 노출된 증상 같습니다."

"독이라구요?"

"근래에 화장품을 바꾸거나 아니면 오래된 음식이나 물
을 섭취한 적이 있습니까?"

정혜진이 머리를 흔들었다.

"아니에요. 화장품은 결혼을 하기 전부터 쓰던 것이었

고, 음식은 집 외부에서는 먹은 적이 없습니다.”

백창호 교수가 이맛살을 와락 좁혔다.

가장 흔하게 추측할 수 있는 것이 화장품과 음식이었다.

하지만 그 두 가지 모두 원인이 아닌 것으로 보였다.

백창호 교수가 다시 물었다.

“혹시 사모님의 화장품을 다른 사람들도 사용해 보시게
했습니까?”

정혜진이 머리를 흔들었다.

“제 화장품은 다른 사람은 건드리지도 않아요.”

“혹시 사용하시는 화장품을 가져 오셨나요?”

정혜진이 머리를 끄덕이며 자신이 가져온 가방을 열었
다.

“네. 남편이 가져 가보라고 해서 가져왔어요.”

풀이 죽은 목소리의 정혜진이 화장품들을 주섬주섬 꺼내
어 놓았다.

그것은 정혜진이 주로 사용하는 화장품들이었다.

백창호 교수가 정혜진이 꺼내어 놓은 화장품들을 살펴보
았다.

혹시 화장품이 변질되었을 가능성도 없지 않았다.

그래서 백창호 교수는 화장품을 꼼꼼하게 점검했다.

화장품을 잘 모르는 백창호 교수가 눈으로 검사를 하는
것은 큰 의미가 없다.

하지만 분명 이런 식의 피부 트러블은 화장품과 관련이 있을 것이라 생각했다.

그래서 화장품은 작은 변화라도 찾아내려 한 것이다.

하지만 화장품에서는 딱히 이상을 발견할 수 없었다.

그리고 백창호 교수가 물었다.

"혹시 화장을 하시면서 향이 갑자기 달라졌다거나 이상하다고 생각했던 것은 없었습니까?"

정혜진이 머리를 흔들었다.

"그런 것은 없었어요."

"그래요?"

백창호 교수가 다시 눈살을 살짝 찌푸렸다.

가장 유력한 원인이어야 할 화장품에는 별다른 문제가 없는 듯 했다.

잠시 눈을 깜박이던 백창호 교수가 물었다.

"그럼 혹시 근래에 낯선 장소를 가거나 비슷한 증상을 보이는 사람을 만나신 적은 없으십니까?"

백창호 교수의 말에 정혜진이 눈을 깜박였다.

근래에 딱히 다른 곳을 가거나 낯선 사람을 만난 일은 거의 없었다.

만났던 사람들도 이 일과는 무관한 사람들이었다.

정혜진이 대답했다.

"얼마 전에 남편과 함께 볼일이 있어 대치동을 다녀온 적이 있었어요. 그곳에서 몇 사람을 만난 적이 있었지만 이런 증상을 가지고 있었던 사람은 없었어요."

정혜진의 머릿속에 속삭이듯 말을 하던 유나 클라시스의 얼굴이 떠올랐다.

백창호 교수가 눈을 껌벅이며 다시 물었다.

"그곳에서 물을 마시거나 음식 같은 것을 먹은 적도 없고요?"

"네, 현재 제가 임신을 한 상태이기 때문에 먹는 것이나 마시는 것에 상당히 조심을 하는 편이에요."

"흠."

백창호 교수가 다시 미간을 좁히며 정혜진의 얼굴을 바라보았다.

얼굴의 윤곽이 뚜렷하고 눈이 크면서 콧날과 입술의 선이 예쁜 느낌이 드는 정혜진이었다.

돋아난 반점이 아니라면 상당한 미인이었다는 것을 느낄 수 있었다.

하지만 그런 그녀의 미모도 피부 트러블 때문에 완전히 가려진 느낌이었다.

백창호 교수가 이마를 찌푸리며 입을 열었다.

"제가 보기에는 전형적인 중독 증상처럼 보입니다."

"예? 그게 사실인가요?"

"하지만 제가 피부과 전문의도 아니니 섣불리 판단을 내릴 수가 없군요. 일단 피부과 전문의인 저의 후배에게 연락을 해서 확인을 해 보는 게 좋을 것 같습니다."

"네, 알겠어요."

"혹시 태아에도 영향이 있을지 모르니까 산부인과 진료도 받아 보시길 바랍니다."

정혜진이 눈을 깜박였다.

"그런데 독 중독이라고요?"

백창호 교수가 대답했다.

"어디까지나 추측일 뿐입니다. 자세한 것은 피부과 전문의에게 확인을 해 보는 것이 좋겠습니다."

정혜진이 백창호 교수를 바라보며 입을 열었다.

"피부과 치료를 하게 되면 나을 수는 있겠지요?"

백창호 교수가 대답했다.

"물론입니다. 이건 불치병이 아닌 단순한 피부 트러블입니다. 너무 걱정하지 않으셔도 될 겁니다."

"네……."

"제가 바로 피부과 후배에게 연락을 해놓겠습니다."

백창호 교수가 자신의 책상 위에 올려 진 전화기를 집어 들었다.

그리고 같은 병원 피부과 전문의인 후배 황병석을 찾기 시작했다.

그때 정혜진의 전화기가 울렸다.

띠리리릿—

자신의 전화기가 울리자 정혜진이 자신의 전화기를 집어 들었다.

전화기의 화면에 '엄마'라는 글자가 선명했다.

정혜진이 빠르게 전화를 받았다.

"응. 나야 엄마."

유남옥 여사의 목소리가 빠르게 들려왔다.

—나, 지금 병원에 도착했어. 너 지금 어디니?

정혜진이 집을 나서면서 그녀에게도 연락을 했었다.

그리고 엄마와 병원에서 만날 것을 약속해 놓은 상태였 다.

그 때문에 유남옥 여사가 급하게 병원으로 달려온 것이 었다.

정혜진이 대답했다.

"시어머님 주치의이신 교수님을 만나고 있어."

—그, 그래?

유남옥 여사의 목소리가 살짝 떨렸다.

지금까지 살아오면서 그 흔한 감기 한번 걸리지 않았던 딸이었다.

그녀가 병원 검진을 받은 일이라고는 아이를 임신했을 때나 정기적인 건강검진 정도가 전부였다.

그런 딸이 병원에서 검진을 받아야 할 정도라면 심각한

일이 발생했다고 생각한 것이다.

─언제 끝나?

정혜진이 대답했다.

"교수님이 피부과 교수님에게 연락을 해 주시겠다고 하셨어. 곧 피부과로 갈 거야."

─알았어. 엄마는 그럼 병원 로비에서 기다릴게.

"그러지 말고 산부인과 진료실 앞에 가 있어. 산부인과 진료도 받아야 하니까 내가 그곳으로 갈게."

─알았다. 그럼 네 산부인과 김지선 교수님 진료실 앞에서 기다리마.

"응."

엄마의 대답을 들은 정혜진이 전화기를 껐다.

정혜진이 전화를 끝내는 모습을 본 백창호 교수가 입을 열었다.

"3층으로 내려가셔서 피부과 황병석 교수를 만나시면 됩니다. 제가 미리 연락을 해 놓았습니다, 사모님. 그리고 꼭 산부인과 진료도 받으셔야 할 겁니다."

정혜진이 머리를 숙였다.

"감사합니다, 교수님."

"허허, 천만에요. 개인적으로 제가 도움을 드리고 싶지만 피부과는 제 전공이 아니라 아쉽군요."

정혜진이 머리를 살짝 흔들었다.

"아니에요. 교수님. 말씀만 들어도 고맙습니다."

대답을 한 정혜진이 다시 얼굴에 마스크를 쓰고 스카프를 둘렀다.

자신의 이런 얼굴을 누군가에게 보여준다는 것이 창피하고 거북했다.

백창호 교수에게도 얼굴을 보여줘야 하는 지금도 미칠 것 같은 고역이었다.

이내 다시 얼굴을 감춘 정혜진이 자리에서 일어섰다.

"그럼 다음에 다시 뵐게요."

백창호 교수가 머리를 끄덕였다.

"네. 치료를 할 수 없을 정도로 큰일은 아닌 것 같으니까 잘 치료할 수 있을 겁니다."

이내 정혜진이 다시 한번 인사를 하고 백창호 교수의 연구실을 나섰다.

그리고 정혜진이 가방 속에서 전화기를 꺼내어 들었다.

이내 빠르게 1번 버튼을 눌렀다.

남편 박규동의 전화번호였다.

띠리리리릿—

정혜진의 귀에 신호음이 울리는 것이 들려왔다.

딸칵—

―응. 나야. 어떻게 되었어?

남편 박규동의 목소리는 살짝 경직된 느낌이 들었다.

정혜진이 대답했다.

"백 교수님께서 피부과 교수님을 연결해 주셔서 지금 피부과 교수님을 만나러 가는 길이에요."

—백 교수님이 당신 얼굴 상태를 보고 뭐라고 하셨어?

정혜진이 눈을 깜박이며 앞쪽을 바라보았다.

정혜진이 살짝 입술을 깨물며 입을 열었다.

"내 얼굴의 증상이 꼭 독에 의한 중독 증상처럼 보인다고 하셨어요."

—독 중독?

박규동의 목소리가 놀란 듯 살짝 커졌다.

정혜진이 낮은 목소리로 대답했다.

"네. 화장품에서는 별 이상을 발견하지 못했지만 독 중독처럼 보인대요. 일단 피부과 가서 진료를 받고 확인해 볼 거예요."

—당신이 독이 중독될 일이 없잖아?

"네, 저도 그렇게 생각해요."

—화장품에 누가 독을 넣을 일도 없을 거고… 뱃속의 아기 때문에 음식과 물도 가려먹는 당신인데 독 중독이라니… 이것 참…….

박규동이 혀를 차는 소리가 들려왔다.

정혜진이 약간 힘이 빠지는 목소리로 대답했다.

"차라리 중독으로 인해 이렇게 되었다면 좋겠어요. 병원에서 독을 해독하면 되니까 금방 치료가 되겠지요. 범인도 금방 잡힐 테고…….”

—알았어. 너무 걱정하지 마. 요즘에는 피부병 같은 것은 병으로 치지도 않을 정도로 가벼운 병이니까 치료나 잘해.

박규동이 아내인 정혜진을 안심시키려는 듯 다독였다.

정혜진이 물었다.

“규동씨는 지금 뭐해요?”

어젯밤 이강현에게서 딸 소영이의 양육권을 뺏어올 계획을 모두 들은 정혜진이었다.

—응, 사무실에서 누굴 만나려고 기다리고 있어.

정혜진이 다시 물었다.

“누굴 만나는데요?”

자신의 얼굴이 변하자 남편 박규동의 행동 하나하나에 민감해 지는 정혜진이었다.

얼굴이 이쁘지 않은 여자를 사랑해 줄 남자는 세상에 없다고 생각하는 정혜진이었다.

박규동이 살짝 웃는 소리가 들려왔다.

—하하. 어젯밤 내가 당신한테 말해 주었던 것 기억하지?

정혜진이 눈을 껌벅였다.

“네.”

—어제 당신에게 말한 대로 나 대신 그 일을 진행해 줄 사람을 만나려는 거야.

"아!"

　정혜진이 입을 살짝 벌렸다.

　그 실행력 하나만큼은 정혜진도 놀랄 정도로 빠른 남편 박규동이었다.

　박규동의 웃음이 섞인 목소리가 다시 들려왔다.

　—돈을 무척 밝히는 사람이야. 돈이라면 내가 원하는 것은 뭐든지 해 줄 수 있는 사람이야. 곧 당신에게 소영이를 데려다 줄 수 있을 거야. 하하.

　정혜진이 살짝 미소를 머금었다.

　마스크와 스카프로 가려진 얼굴이었기에 그녀의 미소는 누구도 볼 수 없었다.

　하지만 감춰진 그녀의 미소는 욕심과 탐욕으로 가득한 사악한 미소였다.

　이내 그녀가 3층으로 내려가기 위해 엘리베이터 앞에 도착했다.

　하지만 그때 엘리베이터는 위쪽으로 막 올라가는 중이었다.

　오전 9시 30분이 살짝 지나고 있는 시간이었다.

　을왕병원이 바쁘게 움직이는 느낌이 들었다.

　을왕병원 1층의 외래 진료 접수처는 사람들로 북적거리

고 있었다.

정혜진은 다시 내려올 엘리베이터를 기다리기 시작했
다.

* * *

"다음 환자는 정혜진님이십니다."

환자의 진료차트를 모니터를 통해 확인하고 있던 황병석
교수가 머리를 돌렸다.

"아. 그래 들어오시라고 해."

"네."

간호사가 짧게 대답하고 이내 문 쪽으로 향했다.

문밖에서 간호사가 정혜진의 이름을 부르는 소리가 살짝
들렸다.

이내 얼굴을 스카프와 마스크로 가린 환자가 진료실로
들어섰다.

황병석 교수가 자리에서 일어서며 살짝 머리를 숙였다.

"아, 어서 오십시오. 백 선배님에게 미리 연락을 받았습
니다."

황병석의 목소리는 너무나 공손했다.

지금 들어온 환자가 바로 태진그룹 박철현 회장의 하나
뿐인 며느리라는 것을 들었기 때문이다.

그 때문에 정혜진의 진료 순번이 가장 앞쪽으로 당겨진 상태였다.

정혜진이 황병석 교수의 앞에 놓인 의자에 가만히 앉았다.

황병석 교수가 정혜진을 보며 입을 열었다.

"백 선배님으로부터 사모님의 치료에 최선을 다 해 달라는 부탁을 받았습니다. 걱정하지 마십시오. 제가 최선을 다 해 치료해 드리도록 하지요."

황병석 교수도 백창호가 태진그룹 회장 부인의 주치의라는 사실을 알고 있다.

황병석 교수로서는 그런 선배 백창호 교수가 너무나 부럽기만 했다.

태진그룹이 비록 재계 서열 순위를 따지기에는 너무나 작은 규모였지만, 그럼에도 재벌이라 불린다.

그런 재벌가의 주치의라는 것은 의사에게 좋은 배경이 될 수 있다.

어쩌면 정혜진을 통해 자신도 그런 기회를 받을 수 있을 것이라 생각했다.

황병석 교수가 자신에게 인사를 하자 정혜진도 마주 인사를 했다.

"신경을 써 주셔서 감사드립니다."

정혜진의 말에 황병석 교수가 이를 드러내며 웃었다.

이내 황병석 교수가 정혜진을 보며 입을 열었다.

"그럼 일단 상태부터 확인해야 해야 하니 얼굴을 보여 주시겠습니까?"

말을 하는 황병석 교수의 목소리는 자신감에 차 있었다.

전화로 간략하게 설명은 들었다.

알 수 없는 독에 의한 중독 상태라고는 하지만 피부 트러블이라면 자신이 치료할 수 있다고 확신했다.

만약 정혜진을 완전히 치료한다면 자신도 미래에 태진그룹 회장 사모님의 주치의가 될 수 있다는 생각이 들었다.

정혜진이 다시 얼굴을 가리고 있던 스카프와 마스크를 벗기 시작했다.

그 모습을 황병석 교수가 상기된 얼굴로 바라보았다.

이내 정혜진의 얼굴이 다시 한번 드러났다.

정혜진의 얼굴이 드러난 순간 천천히 황병석 교수의 얼굴이 굳어지기 시작했다.

그녀의 얼굴 상태는 자신이 생각했던 것과는 너무나 다른 얼굴이었기 때문이었다.

"이게……."

말끝을 흐리는 황병석 교수의 눈빛이 살짝 흔들렸다.

그런 황병석 교수의 얼굴을 정혜진이 빤히 바라보고 있었다.

                    *   *   *

삐익—

이강현이 아현동 백룡그룹 본사 사옥으로 들어섰다.

그리고 자신의 책상으로 다가서는 순간 책상 위의 인터폰이 울렸다.

이내 이강현의 귀로 백여화 비서실장의 목소리가 들려왔다.

—회장님. 미주그룹의 임여정 회장님이 회장님과 통화를 원하십니다.

백여화 비서실장의 말에 이강현의 얼굴이 살짝 굳어졌다.

이강현의 머릿속으로 어젯밤 홍대 앞 클럽 끌레오에서 벌어진 일들이 머리에 떠올랐다.

아마 노한섭 상무의 일로 인한 전화일 것이라는 생각이 들었다.

이강현이 인터폰의 수신 장치를 눌렀다.

삑—

"연결해 주세요."

—네. 알겠습니다. 1번 회선으로 연결하겠습니다.

백여화 비서실장의 목소리를 들으며 이강현이 전화기를

집어 들었다.

딸칵

"이강현입니다."

이강현의 말이 끝나자 이강현의 귀로 약간 짤랑거리는 듯한 여자의 목소리가 들려왔다.

—안녕하세요. 이 회장님. 오랜만이네요. 저 미주의 임여정입니다. 저 기억하시죠?

이강현이 싱긋 웃었다.

"하하, 안녕하십니까? 오랜만에 회장님의 목소리를 듣는군요. 지난번 저의 집에서 뵈었는데 당연히 기억합니다."

이강현의 입가에 미소가 떠오르고 있었다.

나이가 근 60에 가까운 미주그룹의 임여정 회장이었다.

하지만 목소리는 아직 30대의 젊은 사람처럼 느껴졌다.

—호호. 요즘 대한민국의 경제계를 쥐락펴락하는 백룡그룹의 회장님께서 저를 기억해 주시니 참 기분이 묘하네요. 아, 좋다는 뜻이에요. 호호호.

이강현이 싱긋 웃었다.

"대한민국 여성 경제인으로 아이언 우먼이라는 별명으로 불리시는 회장님이 아니십니까? 후배로서 항상 존경하고 있습니다."

임여정 회장의 아이언 우먼이라는 별명은 한국 경제계에

서 제법 유명한 일화였다.

몇 년 전 연예인들이 모여 유명 영화에 대한 토론을 벌인 프로그램이 있었다.

당시 10여 년 전 개봉된 아이언맨이라는 영화가 화제가 되었었다.

만약, 한국에서 여자를 주인공으로 그런 영화를 만든다면 누가 주인공이 될지 농담처럼 말이 오갔다.

여러 여자 연예인들이 거론되었다.

하지만 딱히 누구라고 꼬집어 결론을 내리지 못했다.

그것을 가십거리를 좋아하는 연예부 기자들이 취재해서 인터넷을 통해 공개했다.

그 기사가 나름 이슈가 되었었다.

그리고 그 주제는 그 직후 대한민국 경제인 포럼에서도 화제가 되었다.

경제인들이 선택한 아이언 우먼의 주인공은 그 당시 경제인 포럼에 참석한 임여정 회장에게 돌아갔다.

철혈의 심장을 가진 임여정 회장이라면 충분히 아이언 우먼의 자격이 있다는 이야기였다.

그 이후 임여정 회장의 별명이 아이언 우먼으로 불리게 된 것이다.

이강현의 말이 끝나자 임여정 회장의 짤랑이는 웃음소리가 들려왔다.

─호호호, 이 회장님도 그 별명을 알고 있는지 몰랐네요. 하지만 기분은 좋아요.

이강현이 싱긋 웃었다.

"싱거운 남자들보다는 철혈의 심장을 가지신 회장님이 더 대단하신 건 사실이니까요."

─하하! 그런가요?

임여정 회장이 남자처럼 호탕하게 웃었다.

잠시 웃음소리를 흘리던 임여정 회장이 짤랑이는 목소리로 말했다.

─노한섭 상무는 오늘 아침에 모든 직위에서 해임이 결정되었어요. 또한 노한섭 상무가 진행하고 있던 프로젝트는 우리 미주 감찰 팀에서 전격 감찰에 들어가기로 결정되었습니다.

임여정 회장의 말에 이강현의 얼굴이 살짝 굳어졌다.

미리 예상은 하고 있었지만 이렇게 빨리 진행될 것이라고는 생각하지 못했던 이강현이었다.

임여정 회장의 말이 이어졌다.

─이 회장님께 미안하다는 말은 하지 않을 거예요. 이 회장님이나 나 같은 사람이 앉아 있는 자리는 누군가를 불신해야 하는 자리가 아니라, 믿고 맡겨야 하는 자리기에 믿었을 뿐이었어요.

"예, 이해합니다."

―다만 내 믿음을 속이는 사람이 옆에 있었다는 것을 몰랐던 것이 저의 실수였어요.

이강현이 쓰게 웃으면서 대답했다.

"본의 아니게 회장님께 심려를 끼쳐 제가 죄송할 따름입니다."

임여정 회장의 짤랑거리는 웃음소리가 다시 들려왔다.

―호호, 그런 말 하지 말아요. 실수를 반복하면 그건 잘못이지만, 실수를 했을 때 고칠 수 있다면 그건 또 다른 기회를 얻을 수 있다고 생각해요.

임여정 회장다운 당당한 생각이었다.

―난 이 회장님 때문에 실수를 고칠 수 있었고, 그건 또 다른 기회가 나에게 있다고 생각하고 있어요. 그래서 오히려 이 회장님이 고맙네요.

이강현이 빙긋 웃었다.

"그렇게 생각해 주시니 고맙습니다."

임여정 회장이 여전히 짤랑이는 목소리로 말했다.

―최종학 총리께서 그러시더군요. 앞으로 10년 정도 지나면 이 회장님은 대한민국뿐만 아니라 전 세계에서 가장 큰 영향력을 가진 초거대기업의 총수가 될 것이라고 말이에요. 나도 그렇게 생각하고 있어요.

이강현이 웃으면서 대답했다.

"과찬이십니다."

─호호, 아니에요. 그리고 우리 초면도 아닌데 언제 한 번 같이 밥이나 먹으면서 진지하게 대화 한번 해 보는 게 어때요?

임여정 회장의 말에 이강현이 이를 드러내며 웃었다.

"불러만 주신다면 제가 밥을 사도록 하지요."

─이 회장님처럼 젊은 남자랑 만나서 같이 밥을 먹는다는 것을 생각하니 벌써 마음이 설레네요. 호호.

임여정 회장의 짤랑이는 목소리는 참으로 유쾌한 느낌이 들었다.

하지만 이내 임여정 회장의 짤랑이는 웃음소리가 멈췄다.

임여정 회장이 이번에는 차분한 목소리로 말했다.

─사실 아침에 출근해서 조금 고민을 했어요. 결과적으로는 미주의 치부를 외부에 드러내는 일이기에 군이 이 회장님에게 이런 결과를 말씀드려야 할 지 말이에요.

노한섭 상무에 대한 문책은 회사 내부의 일이다.

그래서 고민을 했던 그녀였다.

─하지만 모르는 척 외면하고 있기에는 제 양심이 허락지 않았네요. 부끄럽고 창피한 것은 잠시지만 이런 식으로라도 이 회장님과 인연을 만드는 것도 미주의 미래 측면에서는 나쁘지 않았다는 생각도 들고 말이에요.

이강현이 담담한 얼굴로 대답했다.

"저 역시 임 회장님과 미주그룹이 저를 비롯해 우리 백룡 그룹과 좋은 친분을 이어가길 바랍니다."

─하하! 역시 같이 밥을 꼭 한번 먹어야 할 것 같네요.

또다시 짤랑이는 웃음소리와 함께 임여정 회장의 호탕한 목소리가 들려왔다.

이강현이 싱긋 웃었다.

이강현의 귀로 임여정 회장의 목소리가 들려왔다.

─그럼 우리 나중에 다시 만나기로 해요. 아침에 귀중한 시간을 뺏어서 미안해요, 이 회장님.

이강현이 웃으면서 대답했다.

"천만에요. 말씀드렸다시피 회장님께서 부르시면 언제 든 시간을 내도록 하겠습니다. 그리고 바쁘신 시간에 이렇 게 친히 전화 주셔서 감사드립니다."

─하하, 그렇게 생각해 주니 오히려 내가 고맙지요. 그 럼 나중에 다시 만나도록 해요.

"예."

이강현의 대답을 끝으로 미주그룹 임여정 회장과의 통화 가 끝났다.

이강현의 입가에 묘한 미소가 떠올랐다.

웬만한 남자보다 배포가 큰 여걸 임여정 회장이었다.

아마 노한섭 상무는 그녀의 대노에 변명조차 하지 못했 을 것이라는 생각이 들었다.

이강현이 의자에 등을 기댄 채 몸을 돌렸다.

창밖으로 6월의 햇살이 가득 쏟아지는 풍경이 들어오고 있었다.

잠시 창밖을 바라보던 이강현이 전화기를 찾았다.

그리고 익숙한 번호를 눌렀다.

띠리리리리릿—

딸칵.

—예, 회장님.

이강현의 귀로 친근하게 들리는 남자의 목소리가 들려왔다.

이강현이 미소를 머금고 입을 열었다.

"차는 새로 사셨습니까?"

이강현의 말에 전화기 속의 남자가 낮게 웃었다.

—하하, 며칠 전에 새로 차를 계약했습니다. 막내딸이 원하던 것으로요.

밝은 목소리로 대답하는 남자는 박동현 사장이었다.

이강현이 빙그레 웃으며 입을 열었다.

"가족들과 휴가는 계획 하셨습니까?"

—여름에 딸들이 방학을 하면 그때 가기로 약속했습니다. 아내도 찬성했고요.

박동현 사장의 목소리에는 예전보다 훨씬 힘이 들어간 것 같았다.

이강현이 손가락으로 책상을 톡톡 치면서 입을 열었다.

"그동안 힘드셨을테니 편하게 쉬게 해 드리고 싶은데…
아무래도 조금 더 고생을 해 주셔야 할 것 같아서 전화를
드렸습니다."

말을 하는 이강현의 눈이 반짝였다.

박동현 사장이 살짝 높아진 목소리로 물었다.

—제가 해야 할 일이 있습니까?

이강현이 머리를 끄덕였다.

"일전에 제가 박 사장님께 말씀을 드린 내용을 기억하시
지요?"

—예, 기억합니다.

"아무래도 박 사장님께서 좀 더 고생을 해 주셔야 할 것
같습니다. 그리고……."

이강현이 말끝을 흐렸다.

박동현 사장의 목소리가 들려왔다.

—KF101과 관련된 것입니까?

박동현 사장은 이강현이 무슨 말을 하려는 것인지 단번
에 알아차렸다.

KF101은 국방과학연구소에서 개발 중인 한국형 수직
이착륙기를 말하는 것이었다.

이강현이 싱긋 웃었다.

"사실 그 문제도 있고 다른 문제도 있습니다. 그래서 잠

시 와 주셔야 할 것 같습니다."

—알겠습니다. 바로 지금 출발하도록 하겠습니다.

박동현 사장은 신이 난 듯 목소리가 높아졌다.

그에게 일이라는 것은 그가 살아가는데 필요한 산소와 같은 것이었다.

자신이 해야 할 일이 있다는 이야기에 갑자기 의욕이 솟았다.

통화를 마친 이강현이 다시 창문 쪽을 바라보았다.

이강현 역시 해야 할 일이 조금씩 머릿속에 정리가 되었다.

무엇부터 해야 할 지 머릿속에 그림이 그려졌다.

이강현의 눈빛이 깊어졌다.

* * *

"일단 피부의 농액(고름)을 채취해서 분석을 해야 할 것 같습니다. 그리고 혈액 검사도 필요할 것 같습니다."

황병석 교수가 고름을 살피며 말을 했다.

"대체 왜 이런 거죠?"

"제 소견도 백 교수님과 마찬가지로 독에 의한 중독처럼 보입니다. 그래서 성분 분석을 먼저 해 봐야 할 것 같습니다. 일단 증상이 더 악화되지 않도록 항생제 처방을 드리겠습니다."

황병석 교수의 미간에 긴 주름이 잡히고 있었다.

그의 눈에도 정혜진의 증상은 전형적인 중독 증상이었다.

하지만 중독 증상이라면 얼굴에만 이렇게 증상이 나타나지는 않을 것이다.

그래서 더욱 고민이 깊어졌다.

게다가 통증도 수반하지 않으니 황병석 교수로서도 난감했다.

정혜진이 눈을 깜박이며 황병석 교수를 바라보았다.

"일단 이 증상이 진행이 더 이상 되지 않게 해 주실 수 있나요?"

황병석 교수가 머리를 끄덕였다.

"항생제 주사를 맞게 되시면 더 이상 증상의 진행은 막을 수 있을 것입니다."

그는 이미 중독 증상으로 인한 것이라 판단했다.

독성분을 파악한 뒤에야 치료가 가능하리라 생각했다.

정혜진이 물었다.

"그럼 지금 당장은 제 얼굴을 치료할 수 없다는 말이군요."

정혜진은 당장이라도 자신의 얼굴을 치료할 수 있기를 바랐다.

하지만 당장은 치료를 할 수 없다는 것에 살짝 실망한 표정이었다.

황병석 교수가 약간 굳은 표정으로 입을 열었다.

"말씀드린 대로 혈액 검사를 통해 원인을 찾는 것이 순서입니다. 성분을 확인할 때까지는 증상이 악화되는 것을 멈추게 해드리지요."

황병석 교수는 정혜진의 치료를 신중하게 진행 할 생각이었다.

어쩌면 미래 태진그룹 회장 사모님의 주치의가 자신이 될 수도 있는 일이었다.

그래서 일반 피부병 환자들처럼 치료할 생각은 없었다.

정혜진은 당장에 자신의 얼굴을 치료할 수 없다는 것에 실망했다.

하지만 받아들일 수밖에 없었다.

피부과에서 진료를 마친 그녀는 그곳에서 주사까지 맞고 나왔다.

그리고 그녀는 다시 엄마가 기다리는 산부인과로 향했다.

산부인과 앞에서 기다리던 유남옥 여사는 얼굴을 가리고 나타난 딸의 모습에 크게 놀랐다.

"너 얼굴은 왜 그렇게 가리고 있어? 왜, 얼굴을 가릴 정도로 심각한 거니?"

유남옥 여사는 아직 딸의 얼굴을 보지 못했다.

그래서 그녀의 얼굴이 얼마나 심각한 상태인지 알지 못했다.

그저 이전에 보았던 좁쌀 같은 것이 조금 더 심해진 정도라고 생각하고 있을 뿐이었다.

정혜진이 살짝 지친 목소리로 대답했다.

"그런 게 있어. 나중에 보여줄게."

정혜진의 말에 유남옥 여사의 미간이 좁혀졌다.

"박 서방이 네 시어머니 주치의에게 직접 요청할 정도라면 심각하긴 한 가 보구나?"

정혜진이 유남옥 여사를 바라보며 입을 열었다.

"교수님을 만나서 아기 상태를 확인하고 나올게."

힘없이 말한 정혜진이 몸을 돌렸다.

병원으로 올 때부터 산부인과에도 연락을 해 둔 상태였다.

그래서 진료 순서를 기다릴 필요 없이 바로 담당 교수를 만났다.

다행히 태아는 이상 없이 건강하게 잘 자라고 있었다.

하룻밤 사이에 자신의 얼굴에 엄청난 변화가 생겨났지만 그 어떤 것도 속 시원하게 해결된 것이 없었다.

그래서인지 병원을 떠나는 정혜진의 마음이 편하지 않았다.

집으로 돌아오는 도중에 유남옥 여사는 차 안에서라도 딸의 얼굴 상태를 보고 싶어 했다.

하지만 정혜진은 절대로 마스크와 스카프를 벗지 않았다.

그녀가 엄마와 함께 집으로 돌아온 것은 점심시간이 막 넘어가고 있었던 시간이었다.

엄마와 함께 안방으로 들어선 정혜진이 힘없이 침대에 걸터앉았다.

딸과 함께 안방으로 들어선 유남옥 여사가 채근하는 목소리로 입을 열었다.

"이제 어서 벗어 봐. 엄마가 확인해 볼게. 여드름 같은 거 아니니?"

정혜진이 머리를 흔들었다.

"여드름이라면 만지면 아플 텐데 전혀 아프지가 않아."

"안 아프다고?"

"그냥 얼굴에 울퉁불퉁한 것이 났다는 것만 느껴질 뿐이야."

"그, 그래?"

정혜진이 낮은 목소리로 입을 열었다.

"백 교수님도 그렇고 피부과 교수님도 독에 의한 중독 같다고 하는데……."

정혜진의 말에 유남옥 여사가 눈을 동그랗게 떴다.

"독 중독?"

유남옥 여사는 살아오면서 독에 중독되었다는 말은 처음으로 들었다.

식중독 같은 것도 있지만 그녀가 생각하는 독은 독사의 독과 같은 것이었다.

그런데 딸이 그런 독에 중독되었다 생각하니 머릿속이 아찔해지는 기분이었다.

유남옥 여사가 급하게 물었다.

"너 혹시 엄마나 박 서방 모르게 혼자서 낯선 곳에 간 적이 있었니?"

정혜진이 한숨을 불어냈다.

"내가 그럴 리가 있겠어?"

"역시 그렇지?"

"엄마도 교수님들과 같은 말을 하네. 최근에 외출한 건 병원이랑 대치동 정도뿐이야."

"대치동?"

"그래, 그때도 저택 입구에서 어머님과 소영이를 잠시 만난 게 전부야."

"그런데도 독에 중독되었다고?"

유남옥 여사가 눈을 껌벅이며 정혜진을 바라보았다.

정혜진이 자신에게 거짓말을 하고 다른 곳을 다녀왔을 리도 없었다.

또한 대치동의 저택을 다녀왔다면 그곳에서도 독에 중독
될 일은 없을 것이다.

유남옥 여사가 물었다.

"혹시 너희 집 가정부나 박 서방은 이상이 없니?"

정혜진이 머리를 흔들었다.

"없어. 같이 밥을 먹고 같이 물도 마셨는데 아무런 이상
이 없어. 나만 이런 증상이 나타난 것이라서 나도 이해가
안 돼."

정혜진이 작게 한숨을 뱉어냈다.

그리고 얼굴을 가리고 있던 마스크와 스카프를 천천히
풀어내기 시작했다.

딸이 얼굴을 가리고 있던 마스크와 스카프를 벗기 시작
하자 유남옥 여사의 눈이 살짝 커졌다.

"일단 네 얼굴을 좀 확인해 보자. 도대체 얼마나 심각하
기에 독 중독이라는 말도 안 되는……."

말을 하던 유남옥 여사의 입이 쩍 벌어졌다.

"꺅! 이, 이게 뭐야??"

너무나 기괴한 모습으로 변해 버린 정혜진의 얼굴이 보
였다.

유남옥 여사의 입에서 자신도 모르게 비명소리가 터져
나왔다.

"엄마도 놀랐지?"

딸의 물음에 유남옥 여사가 하얗게 질린 얼굴로 더듬거렸다.

"네 얼굴 왜 이래?"

며칠 전에는 좁쌀 같은 반점일 뿐이었다.

하지만 지금의 정혜진의 얼굴은 손을 대기 거북할 정도로 추악하게 변해 있었다.

붉은 반점에 고인 노란색 고름은 보는 것만으로도 징그러운 모습이었다.

정혜진은 아침에 얼굴을 확인한 이후 더 이상 거울을 보고 싶지 않았다.

때문에 지금 자신의 얼굴이 아침의 상태 그대로일 것이라 생각했다.

하지만 지금은 아침에 노랗게 고여 있던 고름 몇 개가 터진 상태였다.

덕분에 흘러내린 고름으로 인해 얼굴이 번들거리고 있었다.

그나마 악취가 나지 않는다는 것이 다행이라면 다행이었다.

지금 정혜진은 자신의 얼굴 상태가 아침보다 더 심각해졌다는 사실을 알지 못했다.

"그렇게 놀랄 필요 없어."

"하지만"….

"오늘 피검사를 하고 반점도 분석한다고 했으니까 결과가 나오면 바로 치료할 수 있을 거야."

엄마에게 얼굴을 보여준 정혜진이 다시 마스크로 얼굴을 가렸다.

집안이었기에 스카프는 사용하지는 않았다.

다만 자신의 얼굴을 남편이나 가정부에게 보여주고 싶지는 않았다.

그래서 집안이었음에도 마스크로 최대한 얼굴을 가린 것이다.

그녀에게 미모는 자존감을 안겨주는 요소였다.

그런 미모가 망가진 상태여서 그녀의 자신감이 많이 떨어진 모습이었다.

유남옥 여사가 떨리는 목소리로 입을 열었다.

"바, 박 서방은 뭐라고 해?"

딸의 얼굴이 마치 한센병(나병)에 걸린 것처럼 보였다.

그런 딸의 모습을 확인한 유남옥 여사의 몸이 떨렸다.

얼굴을 마스크로 가린 정혜진이 힘없이 웃었다.

"모두 치료할 때까지 규동씨와 다른 침실을 사용하기로 했어. 규동씨가 손님용 침실에서 지낸다고 했어."

유남옥 여사가 굳은 얼굴로 다시 물었다.

"너… 정말 엄마나 박 서방 모르게 이상한 사람을 만나거나 엉뚱한 곳 다녀온 것은 아니지?"

"엄마!"

정혜진이 정색한 얼굴로 유남옥 여사를 바라보았다.

유남옥 여사가 한숨을 쉬며 입을 열었다.

"네 얼굴을 보고 난 아직도 심장이 떨리는구나. 그렇게 예쁘던 네 얼굴이 이렇게 변해버리다니……."

유남옥 여사에게 딸의 아름다운 외모는 자랑거리이자 자부심이었다.

주위에서 온통 예쁘다는 소리만 듣고 자라온 딸이었다.

박규동과 같은 재벌가 남자를 만날 수 있었던 가장 큰 무기도 바로 딸의 미모였다.

그런 딸이 이렇게 추악한 모습으로 변해버린 것이 믿기지 않았다.

그리고 이런 딸의 모습에 사위가 싫어하게 되지 않을까 두려운 마음도 들었다.

유남옥 여사가 다시 물었다.

"박 서방이 너 이런 모습보고 싫어하는 눈치는 주지 않았어?"

유남옥 여사의 말에 정혜진이 머리를 흔들었다.

"그럴 일은 없어."

어차피 치료를 하면 그만이라도 생각했다.

때문에 잠깐의 피부 트러블 때문에 박규동이 자신을 싫어하는 일은 없다고 확신했다.

"휴우… 다행이네. 하지만 치료가 끝날 때까지는 직접 얼굴을 보여주는 것은 피하도록 해. 가능하면 식사도 따로 하고."

어렵게 이뤄낸 재벌가 며느리 자리였다.

딸의 흉측한 피부병 때문에 그 자리가 흔들리지 않을까 걱정이 되었다.

유남옥 여사의 얼굴에 불안한 표정이 가득했다.

정혜진이 머리를 끄덕였다.

"그렇게 할 거야."

유남옥 여사가 그런 정혜진을 바라보며 입을 열었다.

"내가 다니는 피부과에 물어봐서 좋은 약이 있는지 알아 보마. 그리고 당분간 너도 거울 같은 것 보지 마."

"그럴게."

정혜진도 더 이상 자신의 추한 모습을 보고 싶지 않았다.

그리고 당분간 남편과도 얼굴을 마주치지 않을 생각이었다.

처음부터 자신의 미모에 반해서 결혼까지 했던 남편이다.

지금의 흉측한 모습을 자주 접하게 되면 남편의 마음이 떠날지도 모른다 생각했다.

그런 불안감을 없애기 위해서라도 남편과는 당분간 마주 하지 않아야 했다.

그런 불안감은 유남옥 여사도 마찬가지였다.

"행여 박 서방이 딴 마음을 먹을까 봐 걱정이구나."

정혜진이 머리를 흔들었다.

"그러진 못할 거야. 그랬다가는 내 뱃속의 아기도 잃게 될 테니까."

정혜진은 박규동이 절대로 자신을 떠날 수 없을 것이라고 확신하고 있었다.

하지만 그녀도 불안해지는 마음은 어쩔 수 없었다.

여자는 꽃과 같다. 싱싱하고 예쁠 때는 누구에게나 관심을 받는다.

하지만 시들어버린 꽃이라면 버려지고 잊힌다고 생각했다.

정혜진의 머릿속에 남편 박규동의 얼굴이 천천히 떠올랐다가 사라졌다.

갑자기 정혜진은 남편 박규동이 간절히 보고 싶어졌다.

악연(惡緣)

"모처럼 가족들과 함께하는 휴식이셨을 텐데 이렇게 오시라고 해서 미안합니다."

이강현이 박동현 사장을 보며 자리에서 일어났다.

박동현 사장이 싱긋 웃으면서 머리를 흔들었다.

"아닙니다. 일전에 저택에서 회장님의 말씀을 듣고 난 이후 계속 일 생각만 하고 있었습니다, 하하."

이강현이 박동현 사장에게 소파를 권하며 빙긋 웃었다.

"부영에이스와 미르정밀의 합병은 법무팀에서 진행하고 있는 중이니 합병은 곧 마무리 될 것입니다."

"하하하, 빠르군요."

"합병이 마무리 되는대로 백룡정밀의 사장으로 부임하시면 될 겁니다."

"예, 이미 각오하고 있습니다."

"그때까지는 휴가를 드릴 생각이었는데 아무래도 박 사장님이 필요한 것 같아 오시라고 했습니다."

박동현 사장이 자리에 앉으면서 입맛을 다셨다.

"백룡정밀의 사장직을 받아들이긴 하겠지만 제가 잘 해낼 수 있을지 모르겠습니다."

"하하하, 괜한 걱정이십니다."

"미르정밀에서도 연구만 하던 저였기에 자칫 회사를 잃을 뻔 했지요. 아무래도 경영에는 재능이 없는 모양입니다."

박동현 사장이 약간 불안한 듯 눈을 껌벅였다.

이강현이 이를 드러내며 웃었다.

"하하! 사장님께서 모든 것을 다 하실 필요는 없습니다."

"제가 다 할 필요가 없다구요?"

"예, 유능한 사람들을 선발해서 적재적소에 투입하면 그분들이 사장님의 일을 대신해서 하는 것이지요."

회사의 규모가 커졌으니 움직일 수 있는 인원도 많아진다.

분명 미르정밀 때와는 다를 것이라 생각했다.

박동현이 고개를 끄덕였다.

"알겠습니다. 근데 저를 이렇게 갑자기 호출하신 것은 무슨 문제 때문입니까?"

박동현 사장은 자신을 갑자기 호출한 이유가 무척 궁금했다.

그러자 이강현이 입을 열었다.

"오늘 오후에 저와 함께 최종학 총리님을 만나게 될 겁니다."

이강현의 말에 박동현 사장의 눈이 커졌다.

"초, 총리님을 만난다고요?"

이강현이 머리를 끄덕였다.

"예. 총리님을 만나 뵙고 나서 저와 함께 국방과학연구소도 방문할 겁니다."

이강현의 갑작스런 말에 박동현 사장의 얼굴이 굳어졌다.

"국방과학연구소까지 말입니까?"

총리를 만나는 것만 해도 놀라운 일이다.

그런데 일반인들이 접근하기 힘든 국방과학연구소까지 방문한다는 이야기에 무척 놀라는 표정을 지었다.

이강현이 머리를 끄덕이며 입을 열었다.

"이미 말씀드린 대로 우리 백룡그룹에서 국방과학연구소에 매년 10조 원의 투자금을 지원한다고 약속했습니다."

말을 마친 이강현이 박동현 사장의 얼굴을 빤히 바라보았다.

"때문에 우리 백룡그룹에서도 국방과학연구소의 연구실적을 일정 부분 확인할 권리가 있지요."

백룡그룹의 자금이 지원되는 사업은 백룡그룹에도 어느 정도 개방이 될 예정이다.

또한, 일부 프로젝트는 백룡그룹과 합작하여 추진될 것이다.

"박 사장님에게 제가 브리핑 당시에 들었던 한국형 수직이착륙기의 개발 프로젝트를 확인시켜 드리고 KF101의 개발 시기를 서두를 생각입니다."

박동현 사장이 눈을 반짝이며 입을 열었다.

"저택에서 들었던 스크램제트 엔진의 이론은 미르정밀에서도 이미 확보하고 있는 기술이었습니다. 다만 개발을 진행하기에는 투입되는 자금이 상상을 초월하는 금액이라서 이론만 정립하고 있었을 뿐이었지요."

이강현이 빙긋 웃었다.

"그럴 줄 알았습니다. 엔진개발에 그토록 관심이 많으셨던 박 사장님이시라면 항공기 엔진도 연구하셨을 것이라고 생각했습니다."

박동현 사장이 눈을 반짝이며 입을 열었다.

"국방과학연구소에서 수직이착륙 전투기인 KF101기를

제작하기 위해 개발한 스크램제트 엔진이 완벽하다면 충분히 항공기 제작이 가능할 것입니다."

"그럴 테지요."

"제가 듣기로는 부영에이스에서 차세대 스텔스 항공기의 설계도 진행되고 있다는 했습니다. 미르정밀에서도 도움을 드릴 수도 있을지도 모르겠습니다. 뭐 어차피 부영에이스와 미르정밀은 이제 한 식구가 되었으니 도움을 드린다는 것도 어색하지만 말이지요."

이 강현이 웃었다.

이 강현이 박동현 사장의 얼굴을 빤히 보며 입을 열었다.

"하하. 하지만 굳이 그것 때문에 박 사장님을 오시라고 한 것은 아닙니다."

"그럼……?"

박동현 사장이 눈을 껌벅였다.

"실은 아랍에미리트에서 계획만 가지고 있을 뿐 실행에 옮기지 못하는 프로젝트가 있습니다."

"아랍에미리트라고요?"

"예, 나는 그것을 우리 백룡그룹에서 맡아서 이뤄낼 생각입니다."

박동현 사장이 영문을 모르는 듯 눈을 동그랗게 뜨고 이 강현을 바라보았다.

이 강현이 씩 웃으면서 입을 열었다.

"아랍에미리트 내부에서 아부다비와 두바이를 잇는 하이퍼루프 건설 계획이 있습니다."

이강현의 말이 끝나는 순간 박동현 사장의 입이 벌어졌다.

"하, 하이퍼루프를 아랍에미리트에서 진행한다는 말입니까?"

이강현이 머리를 끄덕였다.

"예. 아랍에미리트의 국운을 건 인프라 프로젝트지요."

"세상에… 그걸 현실로 이루려 한다니……."

하이퍼루프는 아직 상용화가 이뤄지지 않은 기술이었다.

그것은 사실 천문학적인 금액이 소요되는 프로젝트였다.

"의형의 말로는 검토만 하고 있을 뿐 구체적으로 진행하기 까지는 상당한 시일이 소요될 것으로 예상된다고 들었습니다."

박동현 사장이 눈을 껌벅였다.

"만약 실제로 제작이 된다면 세계 최초의 상용화 하이퍼루프가 되겠군요."

이강현이 박동현 사장의 얼굴을 바라보며 입을 열었다.

"최종학 총리님을 만나 미르정밀에서 개발한 한국형 하이퍼루프의 완성을 공개할 예정입니다."

"그, 그게 사실입니까?"

"서울과 인천 사이에 하이퍼루프를 건설할 계획이라고 말씀드릴 생각입니다."

"서울과 인천이요?"

서울과 인천은 하이퍼루프를 이용하기에는 너무 가까운 거리였다.

하지만 거리가 가깝기에 실현 가능성은 더 높았다.

이강현은 고개를 끄덕였다.

"서울과 인천 사이에 하이퍼루프가 건설이 되고 시험 운행까지 마치게 된다면 아랍에미리트가 아닌 우리 한국이 세계 최초의 상용화 하이퍼루프를 가지게 되는 셈이 되겠지요."

박동현 사장이 떨리는 목소리로 물었다.

"튜, 튜브의 선로는 계획 하셨습니까? 부지 확보에만도 상당한 자금이 소요될 것입니다."

서울과 인천 간의 거리가 길지는 않지만 그래도 막대한 부지 확보가 필요한 사업이었다.

때문에 막대한 자금도 필요했고, 정부의 도움이 반드시 필요했다.

이강현이 웃었다.

"선로는 서울과 인천 간의 고속도로를 이용할 생각입니다. 급격한 회전 구간만 피한다면 어렵지 않을 것이라는 판단입니다."

박동현 사장이 머리를 끄덕였다.

"기존 고속도로의 부지를 이용한다면 부지 확보에 대한 고민은 크게 줄어들겠군요. 물론 터널과 같은 구간에서는 조금 어려움이 있겠지만 불가능한 것은 아니겠군요."

이강현도 미소를 지으며 말을 했다.

"총리님을 만나 세계 최초로 하이퍼루프를 건설하는 일에 대해 말씀을 드릴 생각입니다."

"하하, 정부에서도 쉽게 거부하지는 못하겠군요."

"만약 이 계획이 성공적으로 이루어진다면 하이퍼루프 노선은 전국으로 연결이 될 겁니다. 물론, 아랍에미리트에서도 같은 방식으로 하이퍼루프를 제안할 계획이구요."

너무나 갑작스런 이강현의 계획이었다.

하지만 박동현 사장은 미르정밀에서 개발해 낸 하이퍼루프가 실제로 상용화로 진행된다는 것에 심장이 두근거리기 시작했다.

이강현이 웃으면서 그런 박동현 사장을 바라보았다.

박동현 사장이 상기된 얼굴로 이강현을 바라보며 물었다.

"그런데 그것을 진행하자면 엄청난 규모의 자금이 필요한데 가능하시겠습니까?"

서울과 인천 간의 하이퍼루프를 건설하자면 수십 조, 아

니 어쩌면 그 이상의 비용이 소요될 수 있는 엄청난 대공
사가 될 것이다.

이강현이 빙그레 웃으며 대답했다.

"자금은 없으면 만들면 되지요. 그런데 자금은 아마 외
국 자본이 담당하게 될 겁니다."

"예?"

박동현 사장이 놀란 듯 눈을 동그랗게 떴다.

이강현이 웃으면서 입을 열었다.

"뭐 자세히는 설명드릴 순 없지만 자금 문제는 박 사장님
께서 그렇게 신경 쓰지 않으셔도 될 겁니다."

이강현은 하이퍼루프에 소요될 자금을 유나 클라시스에
게 빌릴 생각이었다.

두바이의 사렌 섬 건설에도 그녀에게 자금을 빌릴 수 있
었다.

그때는 그녀의 힘을 감추고자 했기에 도움을 청하지는
않았었다.

하지만 이제 백룡그룹을 대한민국 전역에 알리는 중이었
다.

백룡그룹의 힘을 보여주기 위해서라도 그녀에게 자금을
빌릴 생각이었다.

그때였다.

이강현의 앞쪽 테이블 위에 놓인 인터폰이 울렸다.

삐익—

신호음과 함께 비서실장 백여화의 목소리가 들려왔다.

―회장님. 손님이 찾아오셨습니다.

백여화 비서실장의 말에 이강현이 인터폰의 버튼을 눌렀다.

"누굽니까?"

―외국 분이세요. 막스 그레이엄이라는 분과 캔드릭 요한슨이라는 분이십니다. 두 분 다 회장님의 친구 분이라고 하셨습니다.

말이 끝나는 순간 이강현이 벌떡 자리에서 일어섰다.

박동현 사장이 그런 이강현을 보며 놀란 눈으로 바라보았다.

이강현이 박동현 사장을 보며 빠르게 입을 열었다.

"시리아에서 만난 제 친구들입니다. 제가 군인이었을 때 만났지요."

"아!"

"아랍에미리트 장관의 딸을 경호한다고 하더니 한국에 도착한 모양이군요. 하하."

이를 드러내며 웃는 이강현이 성큼성큼 걸어서 회장실의 문을 벌컥 열었다.

열려진 문밖에는 꺼칠하게 수염이 자란 두 명의 남자가 이강현을 바라보며 서 있었다.

"울프."

"울프."

막스 그레이엄과 캔드릭 요한슨은 이강현의 이름보다는 울프라는 별명이 더 친숙했다.

그래서 여전히 그를 울프라고 불렀다.

이강현이 두 팔을 벌렸다.

"하하! 어서 오게. 친구들."

막스 그레이엄과 캔드릭 요한슨이 환하게 웃으면서 다가왔다.

"울프 자네가 대기업의 회장이 되다니 믿어지지가 않는 군 그래."

"지옥의 사신으로 불리던 검은 늑대가 이제는 대기업의 총수라니 믿어지지가 않아. 하하!"

두 사내가 환하게 웃으면서 이강현을 덥석 안았다.

이강현이 자신을 안아오는 두 사내의 등을 토닥였다.

"잘 왔네. 약속대로 왔군 그래."

이강현의 말에 막스 그레이엄이 웃으면서 입을 열었다.

"오전에 일본에서 출발했네. 한국으로 오는 동안 계속 자네를 만날 생각에 마음이 급했다네, 하하하."

캔드릭 요한슨도 웃으면서 입을 열었다.

"아랍에미리트에서 자네가 군복을 벗고 비즈니스를 한다는 것을 들었지만 이렇게 대기업의 총수가 되어 있을 것이라곤 생각하지 못했네."

이강현이 싱긋 웃었다.

그리고 이내 두 사람을 데리고 회장실로 들어왔다.

막스 그레이엄과 캔드릭 요한슨은 이강현의 집무실 안에 박동현 사장이 앉아 있는 것을 보며 잠시 몸을 멈칫했다.

이강현이 웃으면서 입을 열었다.

"인사들 하게. 내가 존경하는 분이시네. 우리 계열사의 사장님이시지. 박 사장님, 조금 전 말씀드린 그 친구들입니다. 두 명 다 미군 대위로 전역을 했지요."

이강현의 말에 박동현 사장이 급하게 일어서서 인사를 했다.

"박동현입니다."

"막스 그레이엄입니다. 막스라고 부르셔도 됩니다."

"캔드릭 요한슨입니다. 캔드릭으로 불러 주십시오."

세 사람은 처음 만난 사이이지만 서로 정중하게 인사를 했다.

인사를 나눈 박동현 사장이 이강현을 보며 입을 열었다.

"회장님 그럼 저는 밖에서 기다리고 있겠습니다. 오랜만에 만나신 친구 분들과 회포를 푸시지요."

이강현이 머리를 흔들었다.

"그러시지 않으셔도 됩니다."

"아, 아닙니다. 전 그냥 차나 한 잔 마시면서 기다리지요."

박동현 사장이 자리에서 일어나 가볍게 목례를 하고 회장실을 빠져 나갔다.

오랜만에 친구들과 만나는 이강현에게 방해가 되고 싶지 않았다.

그래서 서둘러 방을 빠져 나간 것이었다.

이강현이 짧게 혀를 찼다.

아직 최종학 총리와 만나기로 약속한 시간은 두 시간 정도 남아 있었다.

박동현 사장을 너무 오래 기다리게 하는게 아닌가 생각했다.

막스 그레이엄 역시 미안한 표정으로 이강현을 바라보았다.

"우리가 방해가 된 모양이군?"

캔드릭 요한슨도 머리를 긁적이며 미안한 표정을 지었다.

"이거 우리 때문에 나가신 것 아닌가?"

이강현이 빙그레 웃었다.

"그런 생각하지 말게. 그나저나 아시아 여행은 즐거운가? 어때?"

이강현의 물음에 두 사람이 시선을 마주치며 웃었다.

이내 막스 그레이엄이 입을 열었다.

"뭐 심심하지는 않더군."

"다행이군."

"다만 우리가 경호원이 아니라 포터가 된 느낌이 드는 것이 좀 신경이 쓰였을 뿐이야."

이강현이 눈을 껌벅이며 물었다.

"포터?"

캔드릭 요한슨이 웃으면서 대답했다.

"짐꾼 말일세. 보수는 좋았지만 경호보다는 짐꾼 노릇을 하는 시간이 더 많아서 막스가 심통이 난 거야. 하하."

이강현의 입가에 미소가 걸렸다.

"훗, 재미있군."

이강현이 웃는 얼굴로 막스 그레이엄과 캔드릭 요한슨을 바라보았다.

이강현이 친구들을 만나는 그 시간.

인천에서도 누군가 그의 인생에서 가장 중요할 지도 모를 한 사람을 만나고 있었다.

* * *

"어서 오십시오. 기다리고 있었습니다."

박규동이 자신의 사무실로 들어서는 50대의 남자를 바라보았다.

청색 양복에 단정하게 머리를 빗어 넘긴 말쑥해 보이는

사람이었다.

남자가 박규동을 향해 이마를 숙였다.

"처음 뵙습니다. 최대성이라고 합니다."

그리고 그는 박규동에게 명함을 건넸다.

[신우개발 대표 최대성]

박규동이 명함을 받아 잠시 훑어본 후에 자신의 앞쪽 자
리를 권했다.

"한상직 부장의 말로는 일처리가 빠르고 험한 일을 맡겨
도 문제가 없을 것이라고 하더군요."

박규동의 말에 최대성이 웃었다.

"제가 인맥이 좀 넓어서 어두운 곳에서 일하는 사람들과
도 좀 친하지요. 아마 그것 때문에 한 부장님이 상무님에
게 그렇게 소개한 모양입니다."

말을 하는 최대성의 눈이 반짝였다.

최대성은 자신을 소개해준 한상직 부장이 고맙기 그지없
었다.

그에게는 하늘이 내려준 행운이나 마찬가지였다.

한상직 부장을 알게 된 건 아내 조은옥의 수다 때문이었
다.

같은 아파트에 살고 있는 한상직 부장의 아내에게 최대

성에 대해서 이야기를 했던 것이다.

그녀는 자신의 남편 최대성이 어떤 일이든 해결해 주는 해결사 같은 사람이라고 말했다.

그런 상황에서 한상직 부장에게 은밀한 일을 맡길 수 있는 사람을 구해 보라는 지시가 떨어진 것이었다.

한상직의 아내 송하경은 고민하는 남편에게 최대성에 대해서 이야기를 해주었다.

덕분에 최대성이 박규동과 같은 재벌을 만날 수 있었다.

그로써는 엄청난 행운을 얻은 셈이다.

난생처음으로 자신이 넘볼 수 없는 상류층에게 인맥을 만들 수 있는 기회인 것이다.

박규동은 자신의 앞에 앉아 있는 최대성의 얼굴을 물끄러미 바라보았다.

약간 이마가 좁고 코끝이 굽어 있는 매부리코, 또한 눈알이 쉽게 흔들리고 양 볼의 광대뼈가 살짝 튀어 나온 인상이었다.

눈빛이 제법 날카롭다는 느낌이 들었다.

박규동이 잠시 최대성을 바라보다가 입을 열었다.

"한 부장의 말을 들어보니 무슨 일이든 잘 해결 하신다고 들었습니다."

박규동의 말에 최대성이 입꼬리를 말아 올렸다.

"무슨 일이든 잘 해결하는 것이 아니라 무슨 일이든 쉽게 해결할 수 있는 방법을 조금 알뿐이지요."

박규동이 웃었다.

"필요하면 어두운 쪽의 도움을 받아서라도 해결 한다는
말이군요?"

최대성이 싱긋 웃으면서 머리를 끄덕였다.

"그게 필요하다면 그쪽의 도움도 받긴 합니다."

박규동이 그런 최대성을 보며 잠시 손으로 턱을 만졌다.

한상직 부장이 자신 있게 소개를 해 줄만한 사람이라는
생각이 들었다.

박규동이 최대성을 바라보며 천천히 입을 열었다.

"그럼 제가 부탁하는 일 한 가지를 해결해 주시겠습니
까?"

최대성이 빙그레 웃으며 대답했다.

"어떤 일인지 모르지만 노력해 보겠습니다."

박규동이 입가에 미소를 머금고 입을 열었다.

"뭐 최 사장님께서 어려워 할 일은 아닙니다. 어두운 쪽
에도 손을 빌릴 필요도 없는 일이고요."

박규동의 말을 듣고 있는 최대성의 눈이 반짝이고 있었
다.

최대성이 박규동의 얼굴을 빤히 바라보며 물었다.

"어떤 일인지 물어도 되겠습니까?"

최대성의 물음에 박규동이 천천히 머리를 끄덕였다.

"제가 알려드릴 사람을 포섭을 해 주시면 됩니다. 아, 참고로 부부와 아이 한 명입니다."

최대성이 눈을 껌벅였다.

"부부와 아이를 포섭하라니요?"

최대성은 포섭이라는 말에 고개를 갸웃거렸다.

박규동이 빙그레 웃으며 대답했다.

"하하. 뭐 거창한 일은 아닙니다. 그저 그들에게 한 가지 증언만 받아내면 됩니다. 나중에 부부는 법정에서 증언을 해야 할 지도 모르구요."

박규동의 말에 최대성의 눈동자가 흔들렸다.

"단지 한 가지 증언만 받아내라는 말입니까?"

박규동이 머리를 끄덕였다.

"그렇습니다. 물론 이 일에 태진그룹의 관여되어 있다는 것은 비밀로 해 주셔야 합니다."

박규동은 이강현의 집사 부부가 배후에 자신이 있다는 사실을 알게 되면 더 많은 돈을 요구할 것이라 생각했다.

그래서 자신과 태진그룹은 철저히 감출 생각이었다.

그러자 최대성이 물었다.

"어떤 증언을 받아야 합니까?"

박규동이 대답했다.

"자신들의 눈으로 아동을 학대하는 것을 보았다는 증언을 받아내면 됩니다. 아이에게는 학대를 받았다는 증언을 받아내고요."

최대성의 눈이 커졌다.

"아동 학대요?"

박규동이 묘한 미소를 머금고 머리를 끄덕였다.

"예, 그것이면 됩니다."

최대성이 물었다.

"실제로 아동 학대가 있습니까?"

박규동이 머리를 흔들었다.

"그건 알 수가 없습니다. 뭐 증거도 없고 정황도 그런 것 같지는 않았고요."

최대성이 놀란 얼굴로 물었다.

"그럼 거짓말로 조작된 증언을 받는 것입니까?"

박규동이 입을 열었다.

"조작이든 무엇이든 그 증언만 받으면 됩니다. 그래서 포섭이라는 용어를 사용한 것이지요."

"아!"

최대성이 입을 살짝 벌렸다.

박규동이 입을 열었다.

"현금으로 5억을 준다고 하십시오."

"적지 않군요."

"최 사장님에게도 상응하는 돈을 수고비로 지급하겠습니다. 현금 2억입니다. 어떠십니까? 해 보시겠습니까?"

박규동의 말에 최대성의 심장이 두근거리기 시작했다.

그에게는 너무나 쉬운 일이라는 생각이 들었다.

마치 공짜 돈 2억 원이 하늘에서 툭 떨어진다는 느낌이 들었다.

최대성이 머리를 끄덕였다.

"하지요. 어렵지 않은 일이군요."

최대성은 그런 일이라면 당장이라도 성공할 수 있다는 생각이 들었다.

다만, 어렵지 않은 증언을 하고 5억을 벌게 되는 그 부부에게 질투심이 생기기도 했다.

박규동이 그런 최대성을 물끄러미 바라보며 입을 열었다.

"최 사장님이 포섭해서 증언을 받아내야 하는 사람들이 누구인지는 물어보지 않는군요?"

최대성이 싱긋 웃었다.

"하하. 그만한 돈이면 거짓말로 사람을 죽였다고 해도 해 줄 겁니다."

단지 거짓말 한번에 5억이 생기는 일이다.

그런 일을 거절할 사람은 없을 것이라 생각했다.

"그런가요?"

박규동이 피식 웃으면서 최대성을 바라보았다.

일을 시작도 하기 전부터 자신 있어 하는 최대성이 마음에 들기 시작했다.

최대성이 물었다.

"상무님께서 방금 말씀하신 그 증언을 받아내어야 할 사람은 누굽니까?"

최대성의 말에 박규동이 잠시 눈을 깜박이다가 입을 열었다.

"최 사장님께서는 혹시 근래에 백룡그룹이라는 회사를 들어보셨습니까?"

박규동의 말에 최대성의 눈이 동그랗게 변했다.

"백룡그룹이라고요? 요즘 대한민국에서 백룡그룹을 모르는 사람이 어디 있습니까?"

매번 뉴스에 나오는 이름이었다.

더욱이 최근에는 부산에서 건설 중인 아시아 최대 규모의 정유시설이 매일 뉴스에 보도되는 중이었다.

최대성은 백룡그룹이라는 말이 흘러나오자 살짝 놀란 얼굴이었다.

박규동이 머리를 끄덕였다.

"최 사장님이 포섭할 대상은 백룡그룹 회장의 저택을 관리하는 집사 부부입니다. 아이는… 백룡그룹 회장의 딸이고요."

"예?"

최대성의 눈이 커졌다.

박규동의 입이 다시 열렸다.

"백룡그룹의 이강현 회장의 저택을 관리하는 집사 부부와 이 회장의 딸에게 그 증언을 받아내어야 합니다. 어떻습니까?"

"그, 그게……."

최대성의 입에서 살짝 당황해 하는 목소리가 흘러나왔다.

5억 원이라는 거금을 미끼로 아동 학대라는 거짓 증언을 받아내는 것은 너무 간단한 일이라 생각했다.

하지만 그 대상이 백룡그룹의 회장과 관련이 되었다면 이야기는 달라진다.

더욱이 그 백룡그룹 회장의 딸에게 학대 증언을 받는 것은 지금까지 해왔던 그 어떤 일보다 어려운 일이 될 것이다.

수고비를 2억이나 책정한 이유를 알 것 같았다.

최대성이 놀라는 표정을 보며 박규동이 싱긋 웃었다.

"이제야 그렇게 쉬운 일이 아닐 것이라는 생각이 드시는가 보군요?"

최대성이 이마를 찌푸렸다.

"다른 사람도 아닌 백룡그룹의 회장 저택을 관리하는 집사 부부라면 문제가 다르겠군요."

"그런가요?"

"더욱이 백룡그룹의 회장 딸이 그런 증언을 할지도 모르 겠고요. 아빠에 대해 거짓말로 증언을 하는 것인데……."

백룡그룹 회장의 딸이 돈 때문에 아빠에 대한 거짓 증언 을 할 리가 없었다.

집사 부부에게 조건을 내건 5억도 그리 큰돈이 아니라는 생각도 들었다.

박규동이 그런 최대성의 생각을 읽었는지 다시 말을 이 었다.

"처음의 포섭 조건은 5억이지만 최대 10억까지 순차적 으로 제시하십시오. 그 정도면 증언을 받아내는 게 가능 하겠지요. 그리고 부부를 포섭하여 그들이 아이를 데리고 나오면 수단과 방법을 가리지 말고 증언을 받아내면 됩니 다."

최대성이 입을 벌렸다.

"10, 10억이라고요?"

단순하게 아동 학대라는 거짓말 증언 하나를 받아내는 것에 10억 원이라는 엄청난 거금을 보수로 제안하는 박규 동이 미쳤다는 생각이 들었다.

박규동이 웃었다.

"물론입니다. 물론 10억 원 이하로 증언을 받아낼 경우 에는 남은 차액은 최 사장님이 가지셔도 됩니다."

"저, 정말입니까?"

“최 사장님께 약속한 보수 2억 원은 결정되어 있으니 변함이 없을 것이고요.”

박규동의 제안은 최대성에게는 너무나 충격적인 제안이었다.

만약 자신이 그 부부를 5억 원에 끌어들인다면 5억 원이 남는다.

그리고 그 돈은 고스란히 자신의 것이 된다.

최대성이 마른침을 꿀꺽 삼켰다.

박규동이 입을 열었다.

“최대 10억까지 제시해서 법정 증언까지 하겠다는 약속을 녹음해서 가져오시면 최 사장님의 일은 끝나는 겁니다.”

최대성이 얼굴을 굳히며 물었다.

“혹시 그 백룡그룹의 회장 딸이라는 아이가 몇 살인지 아십니까?”

박규동이 대답했다.

“이제 6살이 지났지요.”

박규동의 말에 최대성의 눈이 커졌다.

“아, 그렇습니까?”

최대성으로서는 백룡그룹의 회장의 딸이라면 최하 청소년이라 불리는 나이쯤 될 것이라고 생각했다.

잠시 자신이 거짓으로 받아낼 증언이 아동 학대였다는

것을 깜박한 최대성이었다.

나이가 어리면 겁박을 질러 거짓말로 증언을 받아낼 수
도 있을 것이었다.

최대성이 어금니를 깨물었다.

최소 2억 원 이상의 거금이 걸린 일이다.

어떻게든 성공시키고자 했다.

"알겠습니다. 한번 해 보지요. 집사 부부가 아이를 데리
고 나온다면 어렵진 않을 것 같군요."

박규동이 싱긋 웃었다.

"무슨 일이든 해결을 하신다는 최 사장님을 믿지요."

"하하. 감사합니다."

최대성은 10억 원이라는 돈이라면 충분히 집사 부부를
끌어들일 수 있을 것이라고 생각했다.

더구나 포섭된 집사 부부가 아이를 몰래 데리고 나온다
면 아이의 입을 통해 증언을 얻어 내는 것이 그렇게 어려
운 일도 아닐 것이라고 판단했다.

사람을 납치하거나 해치는 일이 아니기에 돈만 충분하다
면 어렵지 않은 일이라 생각했다.

최대성이 머리를 끄덕이며 자신이 의뢰한 일을 받아드리
자 박규동이 빙그레 웃었다.

최대성의 얼굴을 잠시 바라보던 박규동이 입을 열었다.

"지금까지 말씀드린 것은 2억 원짜리의 일이었습니다.

그런데 5억짜리의 일이 있는데 한번 들어보시겠습니까?"

"5. 5억이라구요?"

"착수금으로 선불 1억, 그리고 성공 시 잔금 4억을 지급하는 조건입니다."

"그게 사실입니까?"

박규동의 말에 최대성의 눈이 커졌다.

그 모습에 박규동이 싱긋 웃었다.

"그렇습니다. 하지만 이 일은 조금 까다로운 일입니다. 문제가 될 경우 최 사장님께서 쇠고랑을 찰 수도 있습니다. 물론 저는 전혀 관련이 없다고 부인할 것이고요."

"일이 틀어지면 제가 독박을 써야 하겠군요."

"물론입니다."

박규동의 말에 최대성이 눈을 깜박였다.

"큰일인가 보군요?"

박규동이 희미하게 웃으며 입을 열었다.

"이번 일은 최 사장님도 검은 쪽의 손을 빌려야 할 수도 있을 겁니다."

최대성의 눈이 번들거렸다.

집사 부부를 포섭하고 증언을 받아내는 일도 횡재라는 생각이었다.

그것만으로도 돈벼락을 맞은 느낌이었지만, 또다시 5억원이라는 거금이 걸린 일이 있다는 소식은 믿어지지 않을 정도였다.

최대성이 박규동을 바라보며 물었다.

"어떤 일입니까?"

박규동이 대답했다.

"역시 이번에도 백룡그룹 이강현 회장과 연관이 되어 있는 일입니다."

최대성이 눈을 크게 치켜떴다.

"백룡그룹의 회장을 직접 상대하는 것입니까?"

성공보수가 5억 원이라면 이강현 회장과 직접 관련된 일일 것이라 생각했다.

그러자 박규동이 머리를 흔들었다.

"백룡그룹의 회장과 직접 관련된 일은 아닙니다. 최 사장께서 이강현 회장과 직접 마주칠 일은 없다는 뜻입니다."

"아!"

최대성이 입을 살짝 벌렸다.

백룡그룹의 회장과는 직접 대면하지는 않는다는 말에 다소 안도감이 생긴 최대성이었다.

최대성이 물었다.

"어떤 일입니까?"

박규동이 대답했다.

"백룡그룹 회장의 저택에 살고 있는 사람을 한 명 몰래 데려와 주시면 됩니다."

"사람을요?"

"그 사람을 부평 리치빌타운 101동 2904호로 데려오시면 됩니다. 물론 누구도 몰라야 되고 누구에게도 말을 해서는 안 됩니다. 오직 나와 최 사장님만 알고 있어야 하는 일입니다."

최대성의 얼굴이 살짝 굳어졌다.

"백룡그룹 회장의 저택에 살고 있는 사람이라구요?"

박규동이 최대성의 얼굴을 물끄러미 바라보았다.

잠시 최대성의 얼굴을 바라보던 박규동이 입을 열었다.

"고등학교에 재학 중인 여고생인 것 같았습니다. 백룡그룹 회장의 여동생이라고 하더군요."

박규동은 대치동 이강현의 저택을 찾아갔을 때 봤던 유나 클라시스를 잊을 수 없었다.

지금도 그의 머릿속에 그녀의 모습이 아른거릴 정도였다.

한때 자신의 아내 정혜진이 이 세상에서 제일 예쁘다고 생각했었던 박규동이었다.

하지만 그날 만난 유나 클라시스는 정혜진과는 비교할 수도 없을 정도로 아름다웠다.

더구나 오늘 아침에 보았던 아내의 모습은 흉측했다.

그래서인지 다시 한번 그녀의 미모가 보고 싶었다.

박규동은 최대성에게 일을 의뢰하는 김에 유나 클라시스
까지 자신이 차지할 수 있는 의뢰를 하고 싶었다.

박규동의 말에 최대성이 눈을 치켜떴다.

"여고생을 납치하라는 말입니까? 그것도 백룡그룹 회장
의 여동생을 납치하라고요?"

박규동이 싱긋 웃었다.

"그래서 일이 잘못될 경우 최 사장님이 다칠 수도 있다고
한 겁니다."

"……."

최대성이 어금니를 꽉 깨물었다.

지금까지 온갖 쓰레기 같은 일을 저지르며 살았다.

하지만 사람을 납치해 본 적은 없었다.

더구나 아직 어린 여학생이었다.

최대성이 낮은 목소리로 입을 열었다.

"그건… 아무래도 좀 힘들 것 같습니다. 사람을 협박해
서 돈을 받아 내거나 배후 조사와 같은 일은 해봤지만 여
고생을 납치하는 일은 문제가 커질 수 있습니다."

박규동이 난감해하는 최대성을 보며 입을 열었다.

"만약 받아들이신다면 10억 원을 드리지요. 물론 현찰
로 드릴 것이니 어떠한 흔적도 남지 않을 것이고 추적도
되지 않는 돈입니다."

박규동의 말에 최대성의 눈이 다시 커졌다.

"10억…이라고 하셨습니까?"

반문하는 최대성의 얼굴이 딱딱하게 굳어져 있었다.

박규동이 머리를 끄덕였다.

"그렇습니다. 5억이 아닌 10억 원을 드리지요. 단 은밀하게 제가 말한 곳으로 데려와야 합니다."

박규동의 눈이 번들거리고 있었다.

최대성이 이를 악물었다.

10억 원이라면 돈을 신앙처럼 생각하며 살아가는 최대성에게는 그야말로 끊어내지 못할 유혹이었다.

최대성이 굳은 얼굴로 머리를 끄덕였다.

"…알겠습니다. 하지요."

박규동이 머리를 끄덕였다.

"말씀드렸다 시피 만약 일이 틀어지게 되면 모든 책임은 최 사장님이 져야 하는 것입니다."

최대성이 머리를 숙였다.

"그렇게 하도록 하겠습니다. 일이 틀어지면 제가 모든 책임을 지도록 하지요."

박규동이 그런 최대성을 보며 입을 열었다.

"키가 큰 여학생입니다. 그리고 상당히 예쁘지요. 아마 최 사장님도 보시면 단번에 알 수가 있을 것입니다."

최대성이 박규동을 바라보며 입을 열었다.

"집사 부부를 포섭하면서 그것도 알아보도록 하지요. 다

82

니는 학교를 알면 좋겠지만 서둘지 않고 천천히 진행하도록 하겠습니다. 일이 틀어지면 제가 모든 책임을 져야 하는 일이니까 신중하게 진행할 생각입니다. 다만……."

말을 하는 최대성의 시선이 박규동을 바라보았다.

박규동이 물었다.

"무슨 문제가 있습니까?"

최대성이 대답했다.

"여학생을 데려오는 일은 저 혼자 할 수는 없는 일입니다. 아까 선금으로 1억을 주신다고 하셨는데 사람을 쓰려면 돈이 좀 더 필요할 것 같습니다."

박규동이 물끄러미 최대성을 바라보았다.

"얼마가 필요하십니까?"

최대성이 딱딱한 표정으로 대답했다.

"절반을 주십시오."

"5억 말입니까?"

"예."

최대성이 머리를 끄덕이자 잠시 생각하던 박규동이 흔쾌히 대답했다.

"알겠습니다. 드리지요."

말을 마친 최대성이 테이블 위의 인터폰을 눌렀다.

삐익—

날카로운 소음과 함께 낭랑한 여자의 목소리가 울렸다.

—네. 상무님.

박규동이 입을 열었다.

"재무팀에 연락해서 지금 당장 현찰로 5억 원을 찾아서 가져오라고 해요. 서둘러야 합니다."

—알겠습니다.

여자의 대답을 끝으로 인터폰 통화가 끝났다.

박규동이 최대성을 보며 입을 열었다.

"방금 들으신 대로 요구하신 착수금 5억은 금방 마련될 것이니 잠시 후 이 방에서 나가시면 가져가시면 됩니다."

최대성이 머리를 숙였다.

"감사합니다."

현금 5억을 단 한 마디 말로 만들어 낼 수 있는 박규동이 너무나 대단해 보였다.

잠시 후에 자신의 수중에 추적도 되지 않는 현금 5억 원이 들어온다고 생각하니 절로 배가 불러지는 느낌이었다.

그러고 보니 지금 막 점심시간이 지나고 있었다.

최대성은 5억 원을 어디에 숨겨둘지 머릿속으로 재빨리 생각하기 시작했다.

그런 최대성을 박규동이 물끄러미 바라보았다.

만약 최대성이 진짜 유나 클라시스를 데려와 준다면 그는 평생 그녀를 자신만 알고 있는 장소에 가두어 둘 생각이었다.

그렇게 그녀를 자신의 것으로 만들 생각이었다.

그의 머릿속에 이제 아내 정혜진은 희미해져 가고 있었다.

$$* \quad * \quad *$$

오랜만에 재회한 막스 그레이엄과 캔드릭 요한슨은 자신들이 머물고 있는 호텔을 알려주고 돌아갔다.

이강현이 바빠 보였기에 그를 방해하고 싶지 않았다.

그들이 돌아가자 비서실에서 기다리고 있던 박동현 사장이 다시 회장실로 들어왔다.

이강현이 최종학 총리와 약속한 시간이 거의 임박했다.

그 때문에 이강현은 최종학 총리를 만나기 위해 서둘러 회사를 나서야만 했다.

이제는 운전기사이자 수행비서가 되어버린 남현일은 이미 백룡그룹 본사 사옥 앞에서 차를 대기시켜 놓고 있었다.

남현일은 이강현이 오후에 총리를 만난다는 것까지 이미 알고 있었다.

그래서 이강현이 말하지 않아도 서울 창성동 국무청사 별관으로 향했다.

국무청사 별관으로 향하는 도중에도 박동현 사장은 계속

해서 이강현과 대화를 이어가고 있었다.

박동현은 이강현과 대화를 하면 할수록 그가 자신이 상상한 것보다 더 대단한 사람이라는 것을 절감하고 있었다.

자신은 상상만 해 보았던 콜드 퓨전이라고도 불리는 저온핵융합까지 이강현은 생각하고 있었다.

한때 군인이었다는 이강현이 그런 것까지 생각하고 있었을 것이라곤 꿈에도 생각하지 못했던 박동현 사장이었다.

이강현이 군인이었기에 군사 지식만 있을 것이라고 생각했다.

하지만 이강현은 공학에도 상당한 지식을 가지고 있었다.

콜드 퓨전이라고 불리는 저온 핵융합은 수소가 니켈, 파라디움, 칼륨과 같이 여러 가지 금속들과 반응해 어떤 형태의 에너지를 발시키는 현상을 모두 포함해서 말하는 것이었다.

고체 핵과학의 한 영역으로 저온핵반응 에너지(Low Energy Nuclear Reaction, LENR)이라고도 불린다.

원자핵이 서로 달라붙으면서 더 무거운 핵으로 바뀌는 현상이 핵융합이다.

저온 핵융합은 상온에서 순식간에 초고온을 만들어 핵융합을 일으키는 기술이다.

핵폭탄이나 원자력 발전에 응용하고 있는 핵분열과는 전

혀 반대의 기술이 저온핵융합이다.

핵융합은 핵분열과는 달리 거의 무한정한 에너지를 생성해 내면서도 방사성 낙진을 만들지 않는 기술이지만 현재까지 저온 핵융합 반응에 대하서는 에너지원이 될 수 있는 확률의 반응은 있을 수 없다는 것이 지금까지의 상식이었다.

그것을 이강현이 생각하고 있었다는 것이 놀랍기만 한 박동현 사장이었다.

만약 이강현 회장이 꿈꾸고 있는 모든 것이 이루어진다면 대한민국은 누구도 넘볼 수 없는 최고의 강대국이 되어 있을 것이었다.

박동현 사장은 이강현과 대화를 나누면서 이강현이 점점 더 거인처럼 보였다.

남현일이 몰고 있는 차가 창성동 서울 국무청사 별관에 가까워지고 있을 무렵, 이강현의 전화기가 울렸다.

띠리리리리릿—

액정화면에 낯익은 이름이 떠올랐다.

건영그룹 유한승 회장의 이름이었다.

이강현이 전화를 받았다.

딸칵—

"이강현입니다. 오랜만입니다. 회장님."

말을 하는 이강현의 귀로 부드러운 음성이 들려왔다.

─허허, 잘 지내셨는가? 요즘 백룡그룹에 대한 소문이 대단하더군 그래. 자네가 한때 군인 출신이었다는 것이 믿어지지가 않을 정도야. 정말 대단하네. 이 회장.

유한승 회장의 목소리에 살짝 웃음기가 담겨져 있었다.

이강현이 싱긋 웃었다.

"과찬이십니다. 다 회장님 같은 분들이 도와 주셔서 그런 것이지요."

─허허, 그런가? 미주의 임 회장도 자네에 대해서 놀랐다고 하면서 언제 밥이라도 한 끼하고 싶다고 하던데……

"하하하, 그러시던가요?"

─난 임 회장이 그런 말을 할 줄은 몰랐네. 성격이 워낙 까칠해서 웬만한 남자들은 임 회장 앞에서 기도 펴지 못한다네. 하하!

이강현이 피식 웃었다.

아침에 자신과 통화를 하고 나서 유한승 회장과도 연락을 한 모양이었다.

이강현이 물었다.

"그런데 갑자기 무슨 일이십니까?"

─실은 우리 계열사인 건영바이오에서 부영그룹에 합작 사업을 제의한 적이 있었네. 자네도 잘 알다시피 러시아 쪽과 진행하고 있는 프로젝트 때문이지. 정확하게 러시아

88

국영과학연구소 푸트체니크와 합작으로 추진하고 있는
일이네.

유한승 회장의 말에 이강현의 얼굴 표정이 천천히 굳어
졌다.

그런 이강현의 귀에 유한승 회장의 말이 이어졌다.

─정확히는 부영에이스 정밀과 합작을 추진하려던 일이
었지. 그런데 부영에이스 정밀이 백룡그룹으로 합병되었
더군.

"어쩌다보니 그렇게 되었습니다."

─허허, 김 회장이 부영에이스 정밀을 어떻게 생각하고
있는지 내가 알고 있는데 백룡그룹으로 합병되었다니 놀
라웠어.

이강현이 굳은 표정으로 물었다.

"그게 무슨 프로젝트입니까?"

─푸트체니크 국영과학연구소와 우리 건영그룹이 합작
으로 추진하던 프로젝트 중 하나가 스웜(Swarm) 기술이
라는 것이었네. 한국에서는 부영에이스 정밀과 한국 국방
과학연구소만이 그 스웜 기술의 데이터를 보유하고 있지.

이강현이 눈을 껌벅였다.

"스웜 기술이라고요?"

이강현의 말에 옆에서 듣고 있던 박동현 사장이 굳은 표
정으로 입을 열었다.

"스웜 기술이라면 군집 무인체계를 말하는 것입니다."

이강현이 눈을 껌벅이며 박동현 사장을 바라보았다.

그의 귀로 유한승 회장의 목소리가 들려왔다.

―이 회장의 옆에 누가 있는가? 맞네. 스웜 기술이라는 게 군집 무인체계 기술을 의미하지.

그것은 자연 생태계의 군집 행동을 기술적으로 모방하여 만들어진 기술이다.

정보 교류가 가능한 다수의 무인기를 이용해 무인기 스스로가 협력을 하도록 한다.

그렇게 만들어진 무인기 군집은 동일한 목적을 위해 통합적으로 운용하는 군집 지능을 가지게 되는 것이다.

―그래서 부영에 합작을 제의할 예정이었는데 부영에이스가 백룡그룹에 합병될 것이라곤 예상하지 못 했어.

이강현이 물었다.

"그럼 러시아 쪽에서는 그 기술에 대한 자료를 확보한 것입니까?"

유한승 회장이 대답했다.

―그렇네. 이미 러시아에서는 상당한 진척을 본 것 같더군. 그런데 푸트체티크 국영과학연구소는 자신들이 가진 자료를 우리랑 공유할 생각이 없는 것 같더군. 우리가 몇 번이나 요청해도 데이터를 넘겨주지 않고 있다네. 말로만 합작이지 우릴 하청처럼 생각하고 있는 모양이야.

이강현의 이마가 좁혀졌다.

"그 스웜 기술이라는 것이 개발되면 어디까지 진화하게 됩니까?"

이강현의 물음에 유한승 회장대신 옆에서 듣고 있던 박동현 사장이 대신 대답했다.

"군집을 이룬 개체들이 충돌을 회피하면서 상호간에 근접하여 비행을 할 수가 있는 반 자아형식의 제어기술과 군집을 이룬 구성원들이, 서로 정보를 공유하기 위한 분산형 통신망을 생성하기도 합니다."

박동현 사장이 마저 말을 이었다.

"또한 각 구성체가 획득한 데이터를 공유, 융합하여 새로운 정보를 생성하고 구성체 서로가 스스로 상황을 인식하게 되기도 하지요. 시간에 따라서 변하는 환경에 대응하여 임무와 수행할 작업을 실시간으로 분담하여 수행하기도 합니다."

박동현 사장의 말에 전화기를 통한 유한승 회장의 놀라는 듯한 목소리가 들려왔다.

—허어… 정말 이 회장의 옆에 누가 있는가? 그 사람의 말이 정확하네.

유한승 회장도 박동현 사장의 말에 진심으로 감탄하고 있었다.

그러는 동안 남현일이 운전하고 있는 차가 창성동 국무

청사 별관의 주차장으로 들어서고 있었다.

이강현이 잠시 눈을 깜박이다가 입을 열었다.

"회장님, 죄송하지만 지금 급하게 총리님을 만나야 할 일이 있어서 전화를 끊어야 할 것 같습니다. 나중에 제가 다시 전화를 드려도 되겠습니까?"

유한승 회장의 대답이 들려왔다.

—물론이네. 바쁜데 귀찮게 해서 미안하네. 이 회장.

유한승 회장은 진심으로 미안해하고 있었다.

이강현이 눈을 깜박이며 대답했다.

"아닙니다. 아니, 총리님을 만나 뵙고 제가 건영으로 가지요. 그렇게 오랜 시간은 걸리지 않을 것입니다."

—알겠네. 기다리지.

이강현이 다시 물었다.

"그리고 회장님의 등을 치려고 했던 자는 찾았습니까?"

임영훈 비서실장과 조태영 차장을 매수해서 회장이자 손위 처남이었던 유한승 회장을 죽이려 했던 백선혁 이사를 말하는 것이었다.

유한승 회장이 낮게 웃는 소리가 들려왔다.

—들리는 소문으로는 돈이 떨어져 러시아 땅에서 쥐새끼처럼 숨어 있는 모양이야. 죽일 놈… 찾기만 하면 껍질을 벗겨 시베리아 벌판에 늑대먹이로 던져주고 싶은 심정이라네.

유한승 회장은 자신을 죽이고 그룹을 차지하려 했던 백선혁을 용서할 수 없었다.

　이강현이 머리를 끄덕였다.

　"알겠습니다. 그럼 총리님을 뵙고 볼일이 끝나면 건영으로 가서 뵙겠습니다."

　—알겠네.

　이내 전화가 끊어졌다.

　전화기를 끊은 이강현이 잠시 전화기를 내려다보다가 박동현 사장을 돌아보았다.

　"그 스웜 기술이라는 것이 그렇게 대단한 것입니까?"

　박동현 사장이 웃었다.

　"물론입니다. 말 그대로 기계 스스로가 인공적인 지능을 가지게 되는 것이니까요. 미르정밀에서도 잠시 연구를 해본 적이 있었지만 개발 순위에 밀려서 도중에 그만두었습니다."

　이강현이 싱긋 웃으며 머리를 끄덕였다.

　"홋, 박 사장님께서는 모르는 것이 없으시네요."

　박동현 사장이 머리를 흔들었다.

　"저는 회장님이 더 대단하신 것 같습니다. 저온핵융합까지 관심을 가지고 계실 것이라곤 예상하지 못했으니까요. 예전에 군인이셨다고만 생각해서 공학에 대해서는 모르실 것이라고 생각하고 있었습니다."

이강현이 빙그레 웃었다.

"가만히 서 있으면 편하기는 하겠지만 앞으로 나가지 못합니다. 그래서 조금 공부도 했지요. 덩치가 커질수록 책임을 져야 하는 부분도 늘어나게 될 것이니까 그것에 맞춰가야 하지 않겠습니까?"

박동현 사장이 흔들리는 시선으로 이강현을 바라보았다.

이강현이 싱긋 웃으며 입을 열었다.

"도착한 것 같군요. 내립시다. 총리님을 기다리시게 할 수는 없으니까요."

"예."

박동현 사장이 흔쾌히 머리를 끄덕였다.

이내 두 사람이 따가운 햇살이 쏟아져 내리고 있는 창성동 국무청사 별관의 주차장으로 내려서고 있었다.

이내 이강현과 박동현 사장이 성큼성큼 걸어서 청사 별관 안으로 들어섰다.

* * *

"이 저택인가? 진짜 크네? 백룡그룹의 회장 저택이 이렇게 생겼을 줄은 몰랐는데……."

승용차에서 내린 최대성은 굵은 창살사이로 보이는 저택

을 바라보며 입을 살짝 벌렸다.

저택의 정원에는 너무나 푸른색의 잔디로 가득 덮여 있었다.

잔디의 상태로 보아 상당히 정성 들여서 저택을 관리하고 있다는 느낌이 들었다.

최대성의 눈알이 쉴 새 없이 흔들렸다.

그는 자신의 시계를 확인했다.

오후 2시가 막 지나고 있었다.

6월이지만 한낮에는 제법 더웠다.

그래서인지 정원에는 거의 인기척이 느껴지지 않았다.

최대성이 잠시 눈을 깜박이며 중얼거렸다.

"벨을 눌러야 하나?"

그때였다.

밀짚모자를 쓴 채 손에는 낫처럼 보이는 도구를 들고 있는 사람이 걸어 나오는 것이 보였다.

목에는 수건을 두른 모습이 전형적인 정원 관리사처럼 보이는 모습이었다.

한순간 최대성의 눈이 번들거렸다.

"여, 여보시오."

최대성이 창살 사이로 손을 넣어 그 사람을 불렀다.

김찬호는 아내가 차려준 점심 밥상을 맛있게 먹고 잔디 관리를 위해 정원으로 나서는 참이었다.

이제 오후 2시를 갓 넘었기에 딸 슬기와 유나가 곧 돌아올 시간이었다.

오늘이 토요일이었기 때문에 일찍 돌아온다는 것을 알고 있는 김찬호였다.

유나 클라시스가 예성고등학교에 입학하면서부터 딸 슬기와 마치 단짝처럼 붙어 다닌다는 것에 늘 마음이 흐뭇한 김찬호였다.

스스로 저택의 집사가 되어버린 김찬호는 요즘처럼 기분이 좋은 날도 없었다.

포항에서 군 복무를 하고 있는 아들 김동일도 이제 두 달후면 전역을 하고 돌아올 것이었다.

딸 슬기도 본채의 유나 클라시스와 함께 어울리며 등교를 시작한 이후 얼굴에 어두운 그늘이 사라진 것을 확연하게 느낄 수 있었다.

또한 아내도 시간만 나면 본채의 큰 사모님과 함께 어울려 나물을 다듬거나 반찬거리를 만들며 수다를 떠는 것이 즐거운 모양이었다.

김찬호로서는 요즘 같은 날만 계속된다면 모든 걱정거리가 사라질 것만 같은 기분이었다.

더구나 이곳에 살게 해 준 것만도 고마운데 이강현은 분에 넘칠 정도로 급여를 지급해주고 있었다.

놀라운 것은 자신들에게 지급되는 급여가 이강현 회장의

개인 돈이 아니었다.

그들의 급여는 백룡그룹 총무부에서 공식적으로 지급되는 급여였다.

이는 자신과 아내가 백룡그룹의 직원이라는 의미였다.

회장의 저택을 관리하는 집사였지만 그들은 백룡그룹의 정식 직원인 셈이다.

급여의 액수도 예상을 뛰어 넘을 정도로 상당히 컸다.

열심히 저축을 한다면 몇 년 안에 제법 큰돈을 모을 수 있을 정도였다.

아들이 돌아와 복학을 하고 딸 슬기가 대학을 간다고 해도 충분히 감당할 수 있을 정도의 큰돈이었다.

그래서 요즘엔 저절로 힘이 날 정도였다.

막 정원으로 향하던 김찬호의 눈에 정문 쪽에서 자신을 부르는 사람이 보였다.

"여보시오. 이리 좀 와 보시오."

약간 다급해 보이는 남자의 목소리에 김찬호의 이마가 좁혀졌다.

어딘가 많이 들어본 듯한 목소리였기 때문이었다.

김찬호가 천천히 정문 쪽으로 향했다.

정문으로 걸음을 옮기던 김찬호의 얼굴이 천천히 굳어졌다.

정문의 밖에 서 있는 남자는 김찬호가 죽을 때까지 잊을 수 없는 사람이었다.

그는 바로 자신의 친구였던 최대성이었다.

다만 최대성은 자신을 알아보지 못하고 있었다.

아마도 밀짚모자를 쓰고 있었기에 알아보지 못하는 것 같았다.

김찬호가 굳은 얼굴로 정문 앞 5m 정도의 앞에서 멈춰 섰다.

그럼에도 여전히 최대성은 자신의 얼굴을 알아보지 못하고 있었다.

최대성은 정문 앞에 서 있는 김찬호를 보며 다급하게 입을 열었다.

"여보시오. 여기 이 저택을 관리하는 집사 부부가 있다고 들었는데 연락 좀 해 줄 수 없겠소? 내 수고비는 드리리다."

최대성의 말에 김찬호가 어금니를 꽉 깨물었다.

마음 같아서는 손에 들고 낫으로 그의 손을 잘라버리고 싶은 심정이었다.

최대성은 김찬호를 보며 자신이 만나야 하는 집사가 아닌 정원사라고 생각하고 있었다.

이런 큰 저택을 관리하려면 집사도 있어야 하고 정원사도 있어야 한다고 생각했다.

김찬호가 최대성의 얼굴을 빤히 바라보며 입을 열었다.

"그렇게 찾아도 그림자조차 찾을 수 없었는데 제 발로 여길 찾아오다니 놀랍네. 이렇게 만나게 될 줄은 몰랐다. 최대성."

김찬호의 말에 최대성이 멍한 얼굴로 김찬호를 바라보았다.

"무슨 소릴 하는……."

말을 하던 최대성의 얼굴이 굳어졌다.

"차, 찬호야……."

최대성의 얼굴이 하얗게 질려갔다.

자신이 사기를 쳐서 망하게 만들어버린 친구가 바로 김찬호였다.

그런 김찬호의 모습에 심장이 덜컥 떨어지는 느낌이었다.

김찬호가 입을 열었다.

"솔직히 지금의 내 심정으로는 대성이 너의 팔을 이 낫으로 잘라버리고 싶다."

김찬호가 어금니를 깨물며 최대성을 쏘아보았다.

한순간 최대성이 급하게 철창사이로 밀어 넣었던 자신의 손을 뽑아냈다.

김찬호가 물었다.

"네가 가지고 달아난 내 돈을 갚으러 찾아온 것이냐?"

최대성이 흠칫했다.

"차, 찬호야."

김찬호가 이마를 찌푸렸다.

"네 입으로 내 이름을 부르지 마라. 넌 더 이상 내 친구가 아니니까."

"그, 그게 아니라……."

한순간 최대성의 이마에 땀이 맺히기 시작했다.

그로서는 입이 백 개라고 해도 할 말이 없는 사람이 바로 김찬호였다.

최대성이 김찬호에게 사기를 쳐서 가로챈 돈이 모두 7억이 넘었다.

넉넉하지는 않았지만 그렇다고 초라하게 살지도 않았던 김찬호였다.

나름 장사를 하며 오순도순하게 살아가던 친구였다.

그에게 자신이 매입한 빌딩에 식당을 차려준다고 사기를 친 탓에 김찬호의 사업이 망해버렸다.

그런 김찬호를 여기서 만나게 될 것이라곤 꿈에도 생각하지 못했던 최대성이었다.

김찬호가 얼굴에 땀을 흘리면서 허둥대고 있는 최대성을 바라보며 입을 열었다.

"내가 문을 열고 나가면 그 자리에 있을 거냐? 아니면 그때처럼 또 흔적 없이 사라질 셈이냐?"

김찬호의 물음에 최대성의 얼굴이 굳어졌다.

"그게 아니라 찬호야. 좀 오해가 있는 것 같은데……."

최대성은 김찬호가 당장이라도 문을 열고 나올 것 같아 주춤 뒤로 물러섰다.

만약 김찬호가 문을 열고 나온다면 당장 달아나야 하기 때문이었다.

김찬호가 뒤로 물러서는 최대성을 보며 굳은 얼굴로 물었다.

"오해? 내가 너에 대해서 무슨 오해를 하고 있다는 거냐?"

"그게……."

최대성은 자신의 변명이 절대로 김찬호에게 통하지 않을 것이라고 직감하고 있었다.

그때였다.

"아빠, 이 아저씨 누구야?"

최대성의 뒤에서 맑은 여자아이의 음성이 들렸다.

최대성이 급하게 뒤로 머리를 돌렸다.

언제 왔는지 자신의 뒤에서 빤히 자신을 바라보고 있는 두 명의 여고생이 보였다.

한 명은 약간 통통하면서도 키가 작은 학생이고, 다른 한 명은 훤칠하게 키가 크고 한눈에 보아도 입이 벌어질 정도로 아름다운 여학생이었다.

유나 클라시스는 저택의 현관 앞에 서 있는 최대성을 보며 눈을 깜박였다.

김찬호는 딸과 유나 클라시스가 최대성의 뒤에 서 있는 것을 보며 어금니를 깨물었다.

"그냥 아빠가 아는 사람이다. 학교엔 잘 다녀왔니?"

김찬호의 물음에 김슬기가 대답했다.

"응, 잘 다녀왔어. 근데 이 아저씨 아빠가 아는 사람이라면서 왜 이러고 있어?"

김슬기는 당황해 하는 최대성을 보며 머리를 갸웃거리며 바라보았다.

최대성이 허둥거리며 입을 열었다.

"차, 찬호야. 다음에 보자. 나 갈게."

최대성은 급하게 담벼락 옆에 세워놓은 자신의 차로 돌아갔다.

당장이라도 김찬호가 달려 나와 자신을 잡을까봐 그의 마음이 급해졌다.

차의 시동을 걸기위해 키를 들었다가 떨어트리기도 했다.

하지만 아무도 그를 잡는 사람은 없었다.

김찬호는 딸과 유나 클라시스에게 최대성이 자신을 속인 친구이자 사기꾼이라는 말은 할 수가 없었다.

저런 사악한 놈이 한 때 자신의 친구였다는 말을 하는 것이 부끄러웠기 때문이었다.

이내 최대성의 차에 시동이 걸리고 그는 그대로 차를 몰고 빠르게 골목을 빠져 나갔다.

차를 운전하는 최대성의 등이 땀으로 질펀하게 젖어 있었다.

부우우우우우우웅—

달아나는 최대성의 차를 유나 클라시스가 묘한 눈빛으로 바라보고 있었다.

최대성의 차가 완전히 사라지자 그제야 저택의 작은 철문이 열렸다.

철컹—

문이 열리자 유나 클라시스와 김슬기가 저택으로 들어섰다.

유나 클라시스와 김슬기가 저택으로 들어서자 김찬호가 다시 철문을 닫아 걸었다.

철컹—

문을 잠그고 돌아서는 김찬호의 눈빛이 번들거렸다.

치밀어 오르는 노기를 주체할 수가 없었지만, 딸이 보는 앞이라 울화를 누르고 억지로 참을 수밖에 없는 김찬호였다.

그때 아내 이미영이 정원으로 걸어 나오는 것이 보였다.

아내의 얼굴을 보는 순간 김찬호의 어금니가 부서질 듯 깨물렸다.

"개 같은 놈."

김찬호에게 최대성은 절대로 만나지 말아야 할 악연과 같은 존재였다.

낮은 목소리로 중얼거리는 김찬호의 목소리는 자신 외에는 아무도 들을 수가 없을 것이라고 생각했다.

하지만 그의 생각과는 달리 유나 클라시스만은 그의 목소리를 너무나 생생하게 들었다.

한순간 유나 클라시스의 눈이 보석처럼 반짝였다.

그때 김슬기의 엄마인 이미영의 목소리가 들려왔다.

"호호. 이제 왔니? 냉장고에 수박 잘라서 재워놨어. 유나랑 같이 가서 먹어."

이미영의 말에 유나 클라시스가 빤히 이미영을 바라보았다.

딸을 향해 부드럽게 미소를 짓고 있는 이미영의 모습이 너무나 푸근하게 보였다.

엄마의 말에 김슬기가 유나 클라시스의 손을 잡으며 입을 열었다.

"가방 가져다 놓고 별채로 와. 같이 수박 먹게."

유나 클라시스가 생긋 웃었다.

"그래."

이내 두 여학생이 본채와 별채를 향해 걸음을 옮겼다.

이미영이 굳은 얼굴로 서 있는 김찬호를 보며 입을 열었다.

"잔디 손질 다 했어요?"

김찬호가 급하게 대답했다.

"응, 이제 시작하려고."

김찬호가 손에 들린 낫을 고쳐 잡았다.

이미영이 그런 김찬호의 옆에 서면서 입을 열었다.

"같이해요. 혼자하면 힘들 거예요."

"…그래."

이내 두 부부가 아침에 손질을 하다가 그만둔 정원의 잔디를 다시 손질하기 위해 걸음을 옮겼다.

정원으로 걸어가는 김찬호의 발걸음이 무거워졌다.

야망의 시대 (野望의 時代)

"그, 그게 정말이오?"

창성동 국무청사 별관의 국무조정실 안에서 떨리는 음성이 흘러나왔다.

이강현이 입을 열었다.

"이미 실험 단계까지 마친 상황이라고 들었습니다."

"세상에……."

"만약 그것이 상용화되어 공개 된다면 세계 최초의 하이퍼루프가 개통 되는 것이지요. 만약 하이퍼루프가 정상적으로 작동을 하게 될 경우 서울과 인천 사이의 이동에 걸리는 소요 시간은 5분 정도 걸리게 됩니다."

이강현의 말에 최종학 총리가 입을 쩍 벌렸다.

뒤에 서 있던 보좌관을 비롯해 비서들까지 하얗게 질린 얼굴로 이강현을 바라보고 있었다.

이강현이 말들은 엄청난 파장을 불러일으킬 수 있는 말들이었다.

더구나 세계 최초의 하이퍼루프의 상용화라는 것에 심장이 터질 듯 두근거릴 정도였다.

이강현의 설명을 옆에서 듣고 있던 박동현 사장이 끼어들었다.

"이론상 아진공 상태의 튜브 내에서 이동 속도는 시속 1,300km정도이지만 약간의 설계 변경을 추가한다면 시속 1,500km에서 최대 2,000km까지 가능할 것입니다. 물론 선형유도전동기의 성능과 선현동기전동기의 성능을 더 개량해야 하겠지만 말입니다."

최종학 총리가 멍한 얼굴로 박동현 사장의 얼굴을 바라보았다.

이강현이 싱긋 웃으면서 최종학 총리의 얼굴을 바라보며 입을 열었다.

"만약 우리가 세계 최초로 하이퍼루프의 상용화에 성공한다면 우리 백룡그룹이 아랍에미리트에서 추진하고 있는 사업도 탄력을 받게 될 겁니다."

"거기까지 염두에 둔 것이오?"

"물론 백룡그룹 단독이 아닌 부영그룹과 같은 대기업들이 협력해서 아랍에미리트 프로젝트를 따낼 수 있을 겁니다."

최종학 총리가 물었다.

"아랍에미리트에서도 하이퍼루프를 건설한다는 말이오?"

이강현이 웃었다.

"하하. 아랍에미리트 내부에서도 이미 미래의 주력 이동 수단으로 하이퍼루프를 건설하기로 계획했다고 들었습니다. 다만 프로젝트 기획 단계이기 때문에 구체적으로 결정을 하지 못한 상황이지요."

최종학 총리가 약간 상기된 얼굴로 중얼거렸다.

"아랍에미리트에 너무 집착하는 일방적인 투자가 아니오?"

이강현이 빙그레 웃으면서 입을 열었다.

"총리님께서는 아랍에미리트가 현재 국가 기간사업 개발에 얼마의 예산을 염두에 두고 있는지 아십니까?"

최종학 총리가 눈을 껌벅이며 이강현을 바라보았다.

아랍에미리트가 엄청난 금액을 투자해서 국가를 완전히 개조하는 인프라 사업을 구상하고 있다는 것은 들었다.

하지만 그 정확한 규모는 알지 못했다.

최종학 총리가 더듬거렸다.

"신항만이나 신공항 같은 사업에 엄청난 자금을 투자할 것이라는 것은 들었지만, 그 규모를 내가 어찌 알겠소?"

이강현이 웃으면서 입을 열었다.

"총 4,000억 달러입니다. 우리 돈으로 치면 근 500조에 가까운 돈이지요. 의형이 직접 들려준 말이니 틀리진 않은 말일 겁니다."

"세상에……."

최종학 총리가 멍한 얼굴로 이강현을 바라보았다.

이강현이 아랍에미리트 사업에 왜 저렇게 큰 관심을 보이는지 이해가 되었다.

"아마 그 사업을 우리가 차지하게 되면 대한민국이 한층 더 높은 위치에 올라서게 될 겁니다."

이강현의 설명을 들은 최종학 총리가 박동현 사장을 바라보며 입을 열었다.

"박 사장님이라고 하셨지요? 진짜 이 회장이 말한 대로 서울에서 인천까지 하이퍼루프를 개통할 수 있겠소?"

박동현 사장이 단호하게 머리를 끄덕였다.

"물론입니다. 이미 회장님께서는 대한민국 전역에 하이퍼루프 네트워을 만드실 계획을 세우셨습니다. 만약 정부의 승인이 떨어진다면 조만간 이 대한민국의 서울에서 부산까지 단 10분 만에 이동할 수 있는 교통망이 탄생하게 될 겁니다."

"허허, 들을수록 놀랍군요."

"이제 대한민국은 최첨단 하이테크 속에서 살아가는 나라가 될 겁니다."

박동현 사장의 말에 최종학 총리가 눈을 껌벅였다.

하이퍼루프를 개발한 당사자에게 직접 들었지만 여전히 믿어지지 않는 말이었다.

최종학 총리가 잠시 이강현을 바라보며 입을 열었다.

"이 문제는 내가 결정할 문제가 아닙니다. 대통령님께 보고를 하고 의논을 해야 할 일입니다. 국토 개발과 관련된 일이니 말이오."

"예, 그렇게 하셔야지요."

"어쩌면 대한민국의 미래를 바꿔버릴 수 있는 대역사가 될지도 모르겠군요. 필요하다면 국회의 논의도 거쳐야 할 수도 있고 국회의 인준이 필요할 수도 있는 일입니다."

이강현이 머리를 끄덕였다.

"물론입니다. 하지만 하이퍼루프는 이미 독일이나 미국 그리고 일본에서도 개발을 진행 중입니다. 우리가 먼저 개발에 성공을 했다곤 하지만 자칫 때를 놓치면 선점할 기회를 잃을 수도 있을 것입니다."

최종학 총리가 굳은 얼굴로 머리를 끄덕였다.

"오늘 당장 대통령님께 내가 직접 보고를 할 생각이오. 아마 대통령님도 이 회장이 알려준 소식을 듣는다면 무척 놀라실 거요."

이강현이 머리를 끄덕였다.

"알겠습니다. 기다리지요."

최종학 총리가 이강현을 보며 입을 열었다.

"어쩌면 이 회장을 직접 독대하시려 할지도 모르겠소."

이강현이 담담한 얼굴로 머리를 끄덕였다.

"만약 그렇게 된다면 대통령님께도 방금 총리님에게 설명을 드린 것처럼 똑같이 설명을 드리도록 하겠습니다."

최종학 총리가 머리를 끄덕였다.

"고맙소. 이런 소식을 나한테 먼저 알려줘서 말이오. 허허. 그래 다른 문제는 뭐요?"

이강현이 최종학 총리를 보며 다시 입을 열었다.

"하이퍼루프에 관해서는 더 이상 말씀드릴 것이 없지만 다른 부탁이 있어서 총리님을 뵙자고 했습니다."

"그건 뭡니까?"

이강현이 하는 말은 전부가 놀라운 말들뿐이었기에 최종학 총리의 눈이 다시 반짝이기 시작했다.

이강현이 입을 열었다.

"일전에 우리 백룡그룹이 부영에이스 정밀을 인수하고 난 이후 총리님과 함께 이곳에서 국방과학연구소의 브리핑을 들으신 것을 기억하십니까?"

최종학 총리가 눈을 껌벅였다.

"한국형 수직이착륙기의 엔진 개발과 기체 설계에 대한 브리핑을 말하는 것입니까?"

이강현이 싱긋 웃었다.

"예, 아무래도 그 KF101 프로젝트에 우리 백룡그룹도 공동 연구로 같이 참가하는 것이 좋을 것 같아서 말입니다."

이강현의 말에 최종학 총리의 얼굴이 굳어졌다.

"국방과학연구소의 연구에 백룡그룹이 참가한다고요?"

이강현이 최종학 총리를 바라보며 싱긋 웃었다.

"우리 백룡정밀의 박 사장님께서 하이퍼루프만 개발을 성공하신 게 아니라서 말입니다."

"뭐, 뭐라고요?"

이강현이 싱긋 웃으며 박동현 사장을 바라보았다.

"박 사장님, 미르에서 개발한 차세대 엔진과 국방과학연구소에서 개발한 한국형 수직이착륙기 KF101의 엔진에 대해서도 설명이 필요하실 것 같군요."

이강현의 말에 박동현 사장이 입을 열었다.

"회장님으로부터 우연히 한국의 국방과학연구소에서 개발했다고 하는 스크램 제트엔진에 대한 이야기를 듣고 솔직히 살짝 놀랐습니다."

"흐음, 설마 그것까지 개발한 것이오?"

"우리 미르정밀. 아니, 백룡정밀에서도 그것을 연구하

고 있었고 상당한 성과를 도출했습니다. 스크렘 제트엔
진이라는 것이 터빈이 없이 기동하는 항공기의 엔진인
데…….”

박동현 사장이 낭랑한 목소리로 설명을 시작하자 최종학
총리를 비롯한 총리의 일행들의 얼굴이 하얗게 질려버렸
다.

이강현 회장이나 박동현 사장의 입에서 나오는 말 한 마
디 한 마디가 전부 머리칼이 쭈뼛하고 솟아오를 정도로 놀
라운 말들뿐이었기 때문이었다.

이강현과 박동현 사장의 서울 국무청사 방문은 예정했던
시간보다 길어지고 있었다.

그 때문에 유한승 회장의 기다리는 시간이 늘어나고 있
었다.

*   *   *

“798—12번지 맞아. 이 집인 것 같아. 영호 삼촌.”

이강현의 저택 현관 문 앞에서 철창 사이로 보이는 저택
의 풍경을 기웃거리던 덩치 큰 사내가 옆에 서 있는 남자
를 바라보며 입을 열었다.

사내의 말에 호주머니에 손을 찔러 넣고 있던 30대의 사
내가 이마를 찌푸렸다.

"인태 네가 큰형님 조카라서 어쩔 수 없이 따라왔지만, 고작 여자아이 하나 때문에 내 꼴이 이게 뭐냐? 그리고……."

말을 마친 사내가 사나운 얼굴로 옆쪽을 휙 돌아봤다.

"너희들은 내가 없다고 그까짓 고삐리 계집애 하나 처리하지 못하고 뭐했어? 이 새끼들아."

말을 하는 사내의 입속에서 은빛의 광채가 반짝이고 있었다.

사내는 영등포 역전파의 행동 대장이라고 알려진 귀껌 차영호였다.

조인태가 귀껌 차영호를 데리고 유나 클라시스가 알려준 집을 기어코 찾아온 것이었다.

차영호는 며칠 전 홍대 앞 클럽 플레오에서 다시 만났던 유나 클라시스와 이강현으로 인해 받았던 충격에서 아직 벗어나지 못하고 있었다.

그 때문에 만사가 귀찮았지만 큰형님인 최민식의 조카인 조인태의 성화에 어쩔 수 없이 따라나선 것이다.

조인태는 그동안 차영호를 형님이라고 불렀다.

하지만 유나 클라시스에게 당한 이후에는 삼촌이라는 호칭으로 부르고 있었다.

차영호는 조인태가 자신을 형님으로 부르는 것을 싫어했다.

그래서 차영호는 도움을 청하려면 형님이라는 호칭 대신 삼촌이라고 부르게 했던 것이다.

차영호가 조인태를 바라보며 입을 열었다.

"여기가 확실해?"

조인태가 머리를 끄덕였다.

"응, 그X이 알려준 것이 사실이라면 여기 이 주소가 분명해."

차영호가 집을 돌아보면서 이마를 찌푸리며 중얼거렸다.

"씨X, 뭐하는 집구석인데 집이 이렇게 커?"

굳게 닫힌 대문 안쪽으로 저택의 정원이 보였다.

그 엄청난 크기에 차영호는 절로 주눅이 드는 기분이었다.

놀란 것은 다른 사람들도 마찬가지였다.

특히 조혜선은 더 크게 놀라는 중이었다.

학교에서는 구김살 없이 다른 친구들과 편하게 지내던 이유나였다.

때문에 그녀가 이런 부유한 집에 살고 있을 줄은 생각도 하지 못했던 것이다.

사실 학교에는 이유나에 대한 정보가 많이 퍼진 상황이었다.

하지만 그녀에게 당한 이후 조혜선과 조인태는 등교를

하지 않고 있는 상태였다.

때문에 이유나에 대한 소문을 듣지 못한 것이다.

조혜선이 오빠인 조인태를 보며 물었다.

"오빠, 진짜 여기가 이유나 그X이 사는 집이야?"

조인태가 조혜선을 바라보며 대답했다.

"그래. 시X 나도 이렇게 집이 클 줄은 몰랐어. 그런데 주소는 확실해."

조인태 이유나의 집이 이렇게 부잣집일 줄은 상상도 못한 상태였다.

때문에 거대한 저택 앞에서 당황한 얼굴을 하고 있었다.

차영호가 두 오누이를 보며 입을 열었다.

"나 여기서 노닥거릴 시간 없어. 사과하러 찾아왔다고 하고 그X을 불러내도록 해."

차영호는 이런 곳에서 아까운 시간을 낭비하고 싶지 않았다.

그래도 큰 형님의 조카들 부탁이니 저택에 살고 있는 여학생에게 겁만 조금 주고 돌아갈 생각이었다.

그렇게 겁만 줘도 그 여학생이 조인태들에게 반항하지는 못할 것이라 생각했다.

차영호의 말에 조인태가 머리를 끄덕였다.

"알았어."

조인태가 약간 굳은 얼굴로 정문 옆 인터폰을 향해 걸음을 옮겼다.

조인태의 머릿속에 사과를 하기 위해서라면 찾아오라고 했던 유나 클라시스의 말투가 아직 귓전에 맴돌았다.

인터폰 앞에 멈춰선 조인태가 인터폰 옆의 초인종 벨을 눌렀다.

삐익―

짧은 기계음이 울리고 잠시의 시간이 흘렀다.

이내 누군가의 목소리가 인터폰의 스피커를 통해 들려왔다.

―누구세요?

맑고 선명한 느낌이 드는 젊은 여자의 목소리였다.

조인태가 잠시 멈칫했다가 입을 열었다.

"저기 실례지만 이유나를 만나기 위해 찾아왔습니다."

―우리 유나를 찾아왔다고요?

인터폰을 통해 들려오는 목소리는 살짝 놀라는 듯한 느낌이 들었다.

조인태가 머리를 끄덕였다.

"예. 이유나 지금 집에 있나요?"

―잠시만 기다리세요.

인터폰을 통해 들려온 목소리는 서영옥 여사의 목소리였다.

잠시 후 인터폰에서 유나 클라시스의 목소리가 들려왔다.

―누구야?

유나 클라시스의 목소리라는 것을 확인한 조인태가 어금니를 꽉 깨물었다.

"나 3학년 조인태다. 사과를 하려면 찾아오라고 해서 찾아왔다."

조인태의 말에 유나 클라시스의 짧은 웃음소리가 들려왔다.

―호호, 그래서 사과를 하려고 찾아왔다고?

"그래. 네 말대로 사과를 하려고 찾아 왔으니 좀 나와 줬으면 좋겠는데……."

―홋, 알았어. 지금 나갈게.

인터폰을 통해서 들려오는 그녀의 목소리에는 묘한 느낌이 드는 웃음기가 담겨져 있었다.

그녀의 목소리를 들은 조인태의 볼에 힘이 들어갔다.

유나 클라시스의 목소리를 듣는 순간 그 날의 치욕이 다시 머릿속에 떠올랐다.

조인태는 굳게 닫힌 철창 안쪽의 저택을 바라보았다.

잠시 후.

저택의 현관문이 열렸다.

그리고 청바지에 티셔츠를 입은 여자가 나오는 모습이 보였다.

그 순간 조인태의 눈이 번득였다.

유나 클라시스였다.

그는 그녀가 사복을 입은 모습을 처음 보는 순간이었다.

사복 차림의 유나 클라시스는 더 아름답고 청순해 보였다.

그녀가 저택에서 걸어 나오는 모습을 확인한 조인태가 뒤로 물러섰다.

조인태가 저택의 담장 옆에 서 있는 귀껌 차영호를 보며 입을 열었다.

"삼촌. 잠시만 숨어. 지금 나오고 있어."

차영호가 머리를 끄덕였다.

"알았다."

차영호는 이 귀찮은 일을 조금이라도 빨리 매듭짓고 싶다는 생각뿐이었다.

그 때문에 저택 쪽은 쳐다보지도 않았다.

그리고 저택의 담벼락에 등을 기대고 섰다.

일단은 여학생이 나오면 그때 모습을 드러내고 협박을 할 생각이었다.

그래서 일단 자신의 몸을 숨긴 것이었다.

하지만 만약 조인태가 불러낸 여학생이 누구인지 알았다면 죽을힘을 다해 도망을 쳤을지도 몰랐다.

그에게 유나 클라시스는 아름다운 악마로 기억되고 있었

기 때문이었다.

철컹—

저택의 작은 철문이 쩔렁한 쇠 음을 흘리며 열렸다.

이내 유나 클라시스가 저택에서 걸어 나왔다.

유나 클라시스는 조인태와 조혜선 외에 다른 사람들이 함께 와 있다는 것을 이미 알고 있었다.

두 손을 청바지 호주머니에 찔러 넣은 유나 클라시스가 서 있는 사람들을 바라보았다.

"사과하러 왔다고 하면서 사람들을 데려 왔네? 어? 아는 얼굴이네? 너도 사과하러 왔어?"

그녀는 담벼락에 등을 기대고 서 있는 귀꼄 차영호를 단번에 알아보았다.

차영호를 바라보는 그녀의 입가에는 묘한 미소가 떠올라 있었다.

한편 몸을 숨기고 있던 차영호는 뒤늦게 걸어 나온 여학생을 알아보았다.

차영호는 너무나 놀라서 심장이 떨어져 내리는 느낌이었다.

"이, 이게……."

차영호의 안색이 창백하게 질려가고 있었다.

병원에서 자신의 이빨을 몽땅 부수고, 어제는 부산 해안파 두목인 자갈치 마귀 장태영을 복날 개잡듯 두들겨 팼던 유나 클라시스였다.

그녀를 다시 이곳에서 만나게 될 줄은 꿈에도 생각하지 못했다.

하지만 조인태와 조혜선은 차영호가 지금 어떤 상황이라는 것을 꿈에도 모르고 있었다.

조인태가 유나 클라시스의 옆으로 다가서면서 나직하게 입을 열었다.

"우리 삼촌이 조용히 하고 싶은 말이 있다고 해서 모시고 왔어. 좀 조용한 데로 가면 어때?"

유나 클라시스가 조인태를 바라보며 머리를 갸웃했다.

"삼촌이라고?"

조인태가 싱긋 웃었다.

"응, 삼촌이야. 그런데 우리 삼촌이 좀 무서운 사람이야. 사람의 귀를 마치 껌처럼 씹는 사람이거든? 잘못하면 너도 물릴 수가 있어."

유나 클라시스가 싱긋 웃었다.

"이제는 이가 없어서 씹을 수 없을 텐데… 아, 맞다. 금속으로 이를 새로 만들었지."

유나 클라시스는 끌레오에서 차영호의 이가 은 이로 바뀌어져 있던 것을 기억하고 있었다.

조인태가 이맛살을 찌푸렸다.

"우리 삼촌 무서운 사람이라는 말 못 들었냐?"

조인태의 말에 조혜선도 거들고 나섰다.

"야, 이유나. 너 우리 삼촌이 어떤 사람인지 모르겠니?
너 같은 건……."

조혜선의 말이 채 끝나기도 전이었다.

차영호가 급하게 유나 클라시스의 앞으로 다가서면서 입
을 열었다.

"죄, 죄송합니다. 제가 동생들 말만 듣고 따라온 겁니
다."

창백한 얼굴로 머리를 숙이며 인사를 하는 차영호였다.

그의 몸이 가늘게 떨리고 있었다.

그런 차영호를 본 부하들과 조인태, 조혜선이 멍한 표정
을 지었다.

그때 차영호의 부하 중 한 명이 소리쳤다.

"형님, 지금 뭐하시는 겁니까? 저 고삐리 X이 뭐라
고……."

말을 하는 그는 학교 앞에서 조인태와 함께 유나 클라시
스를 보았던 구창석이었다.

구창석은 여리하게 보였던 유나 클라시스에게 조인태와
조혜선이 당했다는 것도 이해가 되지 않았다.

하지만 지금까지 형님으로 모시고 있던 차영호까지 유나
클라시스에게 허리를 굽히는 것이 도저히 믿어지지 않았
다.

그것은 조인태와 조혜선도 마찬가지였다.

"삼촌."

"삼촌. 지금 뭐하는 거야?"

조인태와 조혜선이 놀란 얼굴로 유나 클라시스에게 급하게 허리를 숙이는 차영호를 바라보고 있었다.

유나 클라시스가 눈을 깜박이며 입을 열었다.

"얘들 삼촌이야? 조금 전에는 동생이라며?"

그녀의 말에 차영호가 당황한 표정으로 대답했다.

"그게… 얘들이 자기 마음대로 부르는 겁니다."

"그래?"

머리를 갸웃 거린 유나 클라시스가 조인태와 조혜선을 바라보았다.

조인태와 조혜선의 얼굴은 돌처럼 딱딱하게 굳어져 있었다.

지금의 상황은 그들로서는 전혀 예상하지 못한 상황이었다.

이 상황을 어떻게 해석해야 할지 어리둥절할 뿐이었다.

그때 구창석이 차영호의 옆으로 급하게 다가섰다.

"형님. 지금 뭐하시는 겁니까?"

구창석도 차영호가 잔인하기로 둘째라면 서러운 인물임을 알고 있다.

그런 그가 솜털도 채 가시지 않은 여고생에게 쩔쩔매는

것이 이해가 되지 않았다.

구창석이 끼어들자 차영호가 이를 악물고 구창석을 노려 보았다.

"조용히 해. 이 미친 새끼야."

차영호는 유나 클라시스의 무서움을 잘 알고 있었다.

행여 그녀를 잘못 건드렸다가는 다시 한번 그녀에게 죽도록 맞을지도 몰랐다.

구창석이 멍한 얼굴로 차영호를 바라보았다.

그리고 다시 유나 클라시스에게 시선을 던졌다.

그에겐 하늘같은 형님인 차영호였다.

그래서 지금과 같은 모습이 도저히 이해가 되지 않았다.

그가 알고 있는 차영호라면 어린 여고생이 겁에 질려 오줌을 지리게 만들어야 정상인 인물이었다.

하지만 정 반대의 상황이 벌어졌다.

그래서 그의 머릿속이 어지럽기만 했다.

구창석의 시선이 흔들리고 있었다.

그때 조인태와 조혜선이 당황한 표정으로 차영호의 옆으로 다가왔다.

"삼촌. 지금 뭐하는 거야?"

"삼촌 이X한테 왜 그래?"

두 사람의 말에 차영호가 이를 악물고 소리쳤다.

"시X, 너희들 때문에 이게 뭐냐?"

차영호는 자신을 여기로 데려온 조인태와 조혜선이 너무나 원망스러웠다.

그에게 유나 클라시스는 죽을 때까지 다시는 만나고 싶지 않은 존재였기 때문이다.

조인태와 조혜선이 멍한 표정으로 차영호를 바라보았다.

그때였다.

"형님, 제가 해결하겠습니다. 시X."

보다 못한 구창석이 어금니를 꽉 깨문 채 나섰다.

구창석이 유나 클라시스를 노려보며 앞으로 나서자 차영호가 급하게 말리려고 했다.

"야, 안 돼, 이 새끼……!"

그가 채 말을 끝내기도 전에 구창석이 유나 클라시스의 머리칼을 움켜쥐려 손을 내밀었다.

"시X, 이리 와, 이X아. 우리 형님이 무슨 일 때문에 너한테 이러는지 몰라도 너 오늘 나한테……."

구창석은 단번에 유나 클라시스를 차영호의 앞에 무릎을 꿇리고 싶었다.

유나 클라시스가 그런 구창석의 손을 가볍게 피하며 입을 열었다.

"얘 혹시 네 부하야?"

그녀의 물음에 차영호가 다급하게 대답했다.

"예, 그렇습니다. 그런데 그 새끼……."

차영호는 구창석이 유나 클라시스에게 덤비자 당황해 하면서 눈을 치켜떴다.

그로서는 구창석을 말리고 싶었다.

하지만 구창석은 그런 차영호의 말을 듣지 못하고 있었다.

구창석은 하늘같은 형님이 여고생에게 쩔쩔매는 것을 두고 볼 수 없었다.

하지만 유나 클라시스는 너무 쉽게 그의 손을 피해버렸다.

그러자 구창석의 얼굴이 일그러졌다.

"이런 시X년이 피해?"

유나 클라시스가 가볍게 자신의 손을 피하자 구창석이 눈을 번들거리며 다시 손을 뻗었다.

그때였다.

"미스릴 이에게 내 이야기를 못들은 모양이네?"

유나 클라시스의 나직한 목소리와 함께 구창석의 손이 너무나 가냘픈 손에 막혔다.

눈을 번들거리던 구창석은 그녀에게 손을 잡히자 놀란 듯 눈을 치켜떴다.

"이런 미친X이……."

"이 시X놈아! 하지 말라고!!"

구창석이 놀란 얼굴로 욕설을 할 때 차영호도 구창석에게 소리를 질렀다.

하지만 두 사람의 말이 채 끝나기도 전에 구창석의 얼굴에서 가죽북이 터지는 소리가 들려왔다.

쩌억—

"커억!"

어느새 유나 클라시스가 구창석의 따귀를 후려 친 것이었다.

구창석의 따귀를 후려치는 유나 클라시스의 눈이 서늘하게 빛나고 있었다.

"다른 곳이었다면 몰라도……."

짝—

"크억!"

구창석의 손을 붙잡고 다시 따귀를 때리는 그녀의 얼굴이 차갑게 느껴졌다.

"나의 할머니랑……."

쫙—

"크윽……."

"나의 오빠와."

뻐억—

"크악……!"

"그리고 나의 언니."

쩌억—

"크륵……."

말을 하며 구창석의 따귀를 후려치는 유나 클라시스였
다.

그녀의 따귀 세례 5대 만에 구창석의 얼굴은 온통 피범
벅으로 변하고 있었다.

하지만 그럼에도 유나 클라시스의 냉혹한 따귀 세례는
멈추지 않았다.

"내 동생이 살고 있는……."

쩌억.

"끄으윽."

싸늘한 표정으로 말을 하며 구창석의 따귀를 후려치는
유나 클라시스의 모습은 너무나 냉혹했다.

피투성이가 된 구창석은 유나 클라시스가 따귀를 후려칠
때마다 저택의 담벼락으로 피를 튕겨내고 있었다.

그럼에도 유나 클라시스는 전혀 표정의 변화가 없었다.

그녀는 냉혹한 얼굴로 구창석의 얼굴을 후려쳤다.

"내 집 앞에서……."

쩌억—

"크르륵……."

결국 일곱 번째 따귀에서 구창석의 입에서 피로 인한 가
래가 끓는 소리가 들려왔다.

만약 유나 클라시스가 구창석의 손을 잡고 있지 않았다면 그는 단 한에 그대로 바닥으로 나가 떨어졌을 것이다.

그럼에도 유나 클라시스의 따귀질은 아직도 멈춰지지 않았다.

"욕을 하는 것은."

쩌억!

"……."

구창석의 입에서는 더 이상 비명이 흘러나오지 않았다.

이미 구창석의 눈은 하얗게 뒤집어진 모습이었다.

하지만 유나 클라시스는 구창석의 손을 놓지 않았다.

"나와……."

쫘악—

"……."

"우리 가족을 모욕하는 것과 같은 것이니까."

쫘아악—

털썩—

"벌을 받아야지."

마지막 열 번째 따귀는 유나 클라시스가 구창석의 손을 놓으면서 후려쳤다.

구창석이 마치 나무토막처럼 튕겨지며 바닥으로 내동댕이쳐졌다.

바닥에 쓰러진 구창석은 이미 정신을 잃었는지 미동도

하지 않았다.

그는 마치 헝겊조각처럼 구겨져 있었다.

너무나 무서운 유나 클라시스의 따귀질에 모두가 놀란 얼굴로 그녀를 바라보았다.

특히 조인태와 조혜선 두 오누이는 아예 학질에 걸린 듯 다리를 떨었다.

자신들도 학교의 옥상에서 유나 클라시스에게 맞았었다.

하지만 지금 구창석이 맞았던 것 보다는 훨씬 강도가 약했다는 것을 너무나 절실하게 느끼고 있었다.

차영호는 이미 이렇게 될 줄 알았다는 듯이 창백한 얼굴로 바닥에 쓰러진 구창석을 내려다보고 있었다.

유나 클라시스가 차가운 얼굴로 차영호를 보며 입을 열었다.

"저 놈 일으켜 세워."

차영호가 다급하게 뒤를 돌아보며 소리쳤다.

"뭐해? 이 X끼들아. 얼른 창석이 일으켜 세워."

차영호의 말에 그의 부하들이 다급하게 구창석을 일으켜 세웠다.

그들도 차영호가 유나 클라시스에게 쩔쩔 매는 이유를 몰랐다.

하지만 차영호의 지시가 없었기에 구창석처럼 달려들지

못하고 있었다.

부하들이 재빨리 구창석을 부축해 일으키자 유나 클라시스가 차가운 시선으로 입을 열었다.

"일으켜 세웠으면 내 앞으로 데려와."

부하들이 힐끔 차영호의 눈치를 살폈다.

하지만 이내 구창석을 그녀의 앞으로 데려갔다.

그녀는 얼굴이 피투성이가 된 채 눈을 하얗게 까뒤집은 구창석을 보며 손가락을 살짝 내밀었다.

"힐."

나직한 말이었다.

축 늘어져 있던 구창석이 다시 정신을 차리기 시작했다.

"끄응…….."

힘겹게 눈을 뜬 구창석은 얼굴이 뜯겨져 나가는 듯한 통증에 저절로 입에서 앓는 소리가 흘러나왔다.

그런 구창석을 바라보는 유나 클라시스의 눈이 서늘하게 번득였다.

"정신이 들었으면 다시 시작해야지?"

그녀의 차가운 말에 구창석을 부축하고 있던 부하들이 놀란 얼굴로 그녀를 바라보았다.

구창석이 정신을 잃을 정도로 매서운 매질이었다.

그런데 그것을 다시 시작한다고 하니 얼굴이 하얗게 질려갔다.

힘겹게 눈을 뜬 구창석도 유나 클라시스를 바라보며 저도 모르게 입을 벌리고 있었다.

"어버……."

피투성이가 된 얼굴은 이미 퉁퉁 부어 있었기에 제대로 말도 나오지 않는 구창석이었다.

그는 자신이 유나 클라시스의 따귀를 맞고 정신을 잃었다는 것도 기억이 나지 않았다.

다만 유나 클라시스가 자신의 따귀를 후려칠 때마다 얼굴이 떨어져 나가는 듯한 지독한 통증만 기억에 남아 있을 뿐이었다.

유나 클라시스가 구창석을 부축하고 있는 차영호의 부하들을 보며 입을 열었다.

"내가 때릴 때 이놈을 쓰러지게 만들면 너희들이 대신 맞아야 할 거야."

구창석을 부축하고 서 있는 부하들이 멍한 표정을 지었다.

그때 차영호가 급하게 유나 클라시스의 앞으로 다가서며 입을 열었다.

"제가 대신 사과를 하겠습니다. 용서해 주십시오."

구창석이 성격은 급하긴 하지만 적어도 차영호에게는 믿고 등을 맡길 수 있는 심복과도 같은 부하였다.

유나 클라시스가 차영호를 싸늘한 시선으로 바라보며 입

을 열었다.

"그럼 네가 대신 맞을래?"

그녀의 냉혹한 말을 들으며 차영호의 눈이 질끈 감겼다.

그의 머릿속에 살려달라고 빌 정도로 두들겨 맞던 자갈치 마귀 장태영의 모습이 떠올랐다.

당시 장태영은 겨우 15대가 넘어가자 살려달라고 빌었다는 것을 기억하고 있었다.

자신은 근 20대까지 버텼지만 190cm의 키에 120kg이 넘는 장태영은 겨우 15대를 버티지 못했다.

소름이 끼칠 정도로 두려운 그녀였다.

하지만 자신의 심복과 같은 부하인 구창석은 이제 몇 대만 더 맞으면 아예 죽을 것 같았다.

차영호가 이를 악물었다.

"제가… 맞겠습니다. 더 맞으면 이놈 죽을 수도 있으니까요."

차영호의 대답을 들은 유나 클라시스의 눈빛이 살짝 반짝였다.

머릿속에 나쁜 생각으로 가득한 인간이라고 생각했던 차영호였다.

그런데 그에게도 부하들을 생각하는 의리가 있다는 사실에 살짝 놀랐다.

유나 클라시스가 잠시 차영호를 바라보았다.

그리고 다시 구창석을 향해 입을 열었다.

"또 욕을 해 볼 용기가 있어?"

싸늘한 유나 클라시스의 말이었다.

구창석이 눈을 껌벅이며 유나 클라시스를 바라보았다.

그로서는 두 번 다시 경험하고 싶지 않은 따귀질이었다.

구창석이 자신도 모르게 머리를 흔들고 있었다.

"아…힘미하(아닙니다)."

유나 클라시스가 싸늘한 얼굴로 구창석을 바라보며 입을
열었다.

"네가 형님이라고 부르는 저 인간이 대신 맞아 주겠다는
말이 너를 살린 것이라고 생각해야 할 거야. 이번에는 너
의 이를 몽땅 털어줄 생각이었거든. 저 미스릴 이처럼 말
이야."

유나 클라시스의 말에 구창석의 얼굴이 딱딱하게 굳어졌
다.

그제야 차영호가 유나 클라시스에게 왜 그렇게 쩔쩔 맨
것인지 단번에 알 수가 있었기 때문이었다.

그동안 차영호의 이를 그렇게 만든 사람이 누구인지 항
상 궁금했다.

하지만 차영호는 알려주지 않았었다.

그런데 이제야 그 사람이 누구인지 확실히 알 수 있었다.

형님의 이빨을 그렇게 만든 것이 눈앞에 있는 여고생이

란 사실에 머리카락이 쭈뼛 서는 기분이었다.

차영호가 살짝 붉어진 얼굴로 머리를 조금 숙였다.

그로서는 죽을 때까지 부하들에게 감추고 싶은 비밀이었다.

한편 유나 클라시스가 차영호의 이빨을 부숴버린 사람이라는 사실을 알게 된 조인태와 조혜선은 얼굴이 하얗게 질려버린 모습이었다.

더구나 자신들이 맞던 것과는 비교도 할 수 없을 정도로 무서운 따귀질을 눈앞에서 보았다.

그래서인지 온몸이 덜덜 떨려왔다.

구창석을 두들겨 패는 것을 멈춘 유나 클라시스가 조인태와 조혜선을 보면서 다가왔다.

유나 클라시스의 하얀 옷에는 좁쌀 같은 핏방울 하나 튕겨지지 않았을 정도로 깔끔했다.

유나 클라시스가 서늘한 시선으로 두 오누이를 바라보았다.

조인태와 조혜선은 유나 클라시스와 시선도 마주치지 못하고 머리를 살짝 숙이고 있었다.

유나 클라시스를 혼내주기 위해 하늘같이 믿고 데려왔던 차영호였다.

그런 그조차 유나 클라시스를 보는 순간 사색이 되었었다.

두 사람은 이제 더 이상 유나 클라시스에게 덤빌 생각조차 들지 않았다.

완전히 기가 죽어버린 두 사람의 모습을 잠시 바라보던 유나 클라시스가 입을 열었다.

"사과를 하기 위해 찾아왔다고 했지? 저기 저 사람들을 데리고 말이야."

유나 클라시스의 말에 조인태와 조혜선이 몸을 움칠거렸다.

조인태가 입을 열었다.

"사과를 할게. 앞으로 학교에서 그럴 일 없을 거야."

조인태는 진심으로 학교에서 두 번 다시 유나 클라시스를 만나고 싶지 않았다.

유나 클라시스에게 사과를 하는 그의 마음은 태어난 이후 처음으로 진심을 담고 있었다.

조혜선도 마찬가지였다.

"나, 나도 사과할게. 슬기나 너한테 진심으로 미안해."

사과를 하는 조혜선도 마찬가지였다.

그녀도 두 번 다시 유나 클라시스와 어떤 식으로든 관여되고 싶다는 생각이 없어져버렸다.

유나 클라시스가 사과를 하는 두 사람을 바라보며 입을 열었다.

"나와 내 친구들을 괴롭히지 않는 한 너희 두 사람과 충돌하는 일은 없을 거야. 하지만…….”

차가운 어투로 말을 하는 유나 클라시스가 두 사람을 빤히 바라보며 말을 이었다.

“그날 경고했던 대로 누군가를 괴롭힌다는 말이 내 귀에 들려오면, 그때는 너희들이 찾아오는 것이 아니라 내가 찾아갈게.”

“…….”

“만약 내가 너희들을 찾아가게 되는 날이 오면 어떤 일이 벌어지게 될지 상상에 맡길게. 그리고 너희들의 사과 받아들이지.”

유나 클라시스의 말에 조인태와 조혜선이 머리를 끄덕였다.

“알겠어.”

“사과를 받아줘서 고마워.”

조인태와 조혜선은 당장이라도 이곳에서 떠나고 싶었다.

특히 조혜선은 유나 클라시스가 너무도 무섭게 느껴졌다.

유나 클라시스가 몸을 돌려 차영호를 바라보며 입을 열었다.

“오늘 여기서 있었던 일을 가지고 다시 찾아온다면 말리진 않을 거야. 하지만 그때는 아마 이정도로 끝나진 않을

140

것임을 각오하고 와야 할 거야. 어때?"

차영호가 굳은 얼굴로 대답했다.

"아마 다시 찾아올 일은 없을 겁니다."

차영호는 꿈에서라도 유나 클라시스가 나타나는 것을 두려울 정도였다.

그런 그가 자신의 발로 다시 이곳을 찾아오는 건 죽을 때까지 있을 수 없는 일일 것이었다.

차영호의 대답을 들은 유나 클라시스가 생긋 웃었다.

"어떤 식으로든 나와 연관된 일로 다시 만나게 된다면 그때는 이빨이 아니라 팔다리를 다른 것으로 맞춰서 끼워 넣도록 해 줄 거야. 알았지?"

차영호가 입술을 잘근 깨물며 대답했다.

"절대 그럴 일은 없을 것입니다."

유나 클라시스가 그런 차영호를 보며 웃는 얼굴로 입을 열었다.

"내 이름은 유나야. 이유나. 앞으로 유나라고 불러."

"알겠습니다. 유나님."

차영호는 자신보다 훨씬 어린 그녀에게 깍듯하게 존대를 하고 있었다.

그만큼 유나 클라시스가 두려웠기 때문이었다.

유나 클라시스가 머리를 끄덕였다.

"그럼 이제 돌아가 봐. 나한테 사과를 하기 위해 찾아왔고, 내가 사과를 받았으니 서로 더 이상 볼 일은 없는 거겠지?"

차영호가 대답했다.

"예. 돌아가겠습니다. 그럼."

말을 마친 차영호가 조인태와 조혜선을 바라보며 빠르게 입을 열었다.

"뭐해? 유나님께 사과를 했으니 빨리 돌아가자."

다급하게 재촉하는 차영호의 말에 조인태와 조혜선이 허둥지둥 걸음을 옮겼다.

빠르게 걸음을 옮기는 그들의 옷 속의 등에는 흥건하게 땀방울이 맺혀 있었다.

차영호의 패거리들이 돌아가는 모습을 유나 클라시스가 묘한 시선으로 한동안 바라보았다.

이내 귀껌 차영호 패거리들이 완전히 사라지자 유나 클라시스가 다시 저택으로 들어갔다.

다시 현관으로 들어서는 유나 클라시스를 바라보던 서남옥 여사가 물었다.

"누가 찾아온 거니?"

유나 클라시스가 생긋 웃으며 대답했다.

"학교에서 만난 멍청한 애들이에요. 저한테 조금 잘못한 게 있어서 사과를 하기 위해 찾아왔는데 사과하고 돌아갔어요."

서남옥 여사가 피식 웃었다.

"너한테 사과를 하기 위해 찾아왔다고?"

"네."

"별일이구나. 사과를 할 일이 있으면 학교에서 하지 집까지 찾아오다니……."

서영옥 여사가 혼잣말처럼 중얼거리다가 이내 유나 클라시스를 바라보며 입을 열었다.

"참, 유나 너 소영이한테 이상한 것 가르쳤니?"

유나 클라시스가 눈을 껌벅였다.

"네?"

서영옥 여사가 웃음을 머금으며 입을 열었다.

"훗, 네가 할미도 놀랄 만큼 요상한 것을 할 줄 안다는 것은 알고 있었지만 소영이한테까지 그런 것을 가르칠 줄은 몰랐다. 소영이 방에 가보렴."

서영옥 여사의 말에 유나 클라시스가 재빨리 이소영의 방으로 걸음을 옮겼다.

다급하게 이소영의 방문을 연 유나 클라시스의 눈이 커졌다.

방 한가운데 이소영이 앉아 있었다.

그런데 이소영의 머리 위에 눈이 부실 듯한 빛을 밝혀내는 하나의 구슬이 떠올라 있었다.

구슬은 이소영의 앙증맞은 손길을 따라 마치 춤을 추듯

빙글빙글 돌고 있는 모습이 들어왔다.

그것은 1서클의 마법인 빛의 마법 라이트의 광구였다.

한순간 유나 클라시스의 입가에 너무나 환한 미소가 떠올랐다.

유나 클라시스가 놀란 듯 짧게 소리쳤다.

"내 동생 마법 천재네, 호호!"

짤랑이는 웃음소리가 거실까지 들리자 그 소리를 들은 서남옥 여사가 웃으면서 머리를 흔들었다.

"뜨겁지 않아서 다행이긴 하지만 이 집에는 전부 사람이 아닌 괴물들만 있는 것 같네. 호호."

나직하게 웃으며 머리를 흔든 서영옥 여사가 주방으로 걸음을 옮겼다.

이강현이 돌아오기 전에 어제 저녁에 재워둔 갈비찜을 조리를 할 시간이었기 때문이었다.

주방으로 향하는 서영옥 여사의 발걸음은 무척이나 가벼웠다.

대계(大計)

똑똑.

딸칵—

노크소리와 함께 문이 열렸다.

전임 임영호 비서실장의 뒤를 이어 새롭게 건영그룹 비서실장으로 임명된 김동석이 들어왔다.

그는 책상에서 서류를 보고 있는 유한승 회장을 향해 정중하게 머리를 숙이며 입을 열었다.

"회장님, 백룡그룹의 이강현 회장님께서 도착하셨습니다."

그 말에 유한승 회장이 보고 있던 서류에서 시선을 떼며 머리를 들었다.

한순간 유한승 회장의 얼굴에 반가워하는 표정이 떠올랐다.

"어서 모시게."

유한승 회장이 책상에서 일어서며 문 쪽을 바라보았다.

이미 열려진 문 쪽에서 이강현이 천천히 회장실로 들어섰다.

유한승 회장이 입이 살짝 벌어졌다.

"허허! 요즘 대한민국을 떠들썩하게 만드는 백룡그룹의 회장님이셔서 그런가, 얼굴에 관록이 보이는 것 같군 그래."

한때 자신에게 금화를 팔기 위해 찾아왔던 이강현이다.

그런데 이제는 건영그룹보다 더한 유명세를 치르고 있는 백룡그룹의 회장이 되어 있었다.

유한승 회장은 미소를 머금은 얼굴로 이강현을 바라보았다.

이강현이 유한승 회장을 보며 정중하게 고개를 숙였다.

"오랜만에 뵙습니다, 회장님."

유한승 회장이 이를 드러내며 웃었다.

"허허, 자주 찾아온다고 해 놓고 오지 않아서 내심 서운했다네. 그나저나 총리님과 회담은 잘 마쳤는가?"

이강현이 싱긋 웃었다.

"예."

이강현은 최종학 총리와 만나고 돌아오는 길이었다.

그는 내일 부영에이스 정밀 연구팀과 국방과학연구소의 연구팀을 함께 만나기로 약속을 한 상태였다.

그만큼 박동현 사장이 개발한 신기술은 엄청난 가치를 지닌 기술이었기 때문이었다.

어쩌면 미르정밀에서 개발한 신기술은 국방과학 수준을 세계 최고의 수준으로 올려놓을 수 있을 정도로 엄청난 기술이었다.

그때 유한승 회장은 이강현의 뒤를 따라 들어오는 박동현 사장을 발견했다.

그리고 의아한 표정으로 이강현에게 물었다.

"같이 오신 분은 누구신가?"

이강현이 싱긋 웃으며 대답했다.

"저희 백룡정밀의 박동현 사장님이십니다."

"백룡정밀?"

"아까 회장님과 통화를 할 때 스웜기술에 대해 저에게 알려주신 분이시죠. 앞으로 부영에이스를 통합한 백룡정밀을 총괄 운영하실 분입니다."

이강현의 말에 유한승 회장의 입이 살짝 벌어졌다.

"아! 그분이신가?"

유한승 회장도 이강현과 통화를 할 때 스웜기술에 대한

해박한 지식을 지닌 사람이 곁에 있다는 사실을 알 수 있었다.

그런데 그 사람이 박동현 사장이라는 사실에 살짝 놀란 표정이 되었다.

박동현 사장이 정중하게 이마를 숙였다.

"백룡정밀의 박동현입니다. 회장님을 뵙게 되어 영광입니다."

박동현 사장의 정중한 인사를 받은 유한승 회장이 급하게 손을 내밀었다.

"아니오. 허허. 이 회장을 만났더니 이렇게 귀한 분을 같이 만나게 될 줄은 몰랐소."

그는 진심으로 박동현 사장과 이강현이 반가운 얼굴이었다.

유한승 회장이 자리를 권하며 입을 열었다.

"자, 오랜만에 이 회장도 만나고 귀한 분도 만났으니 차라도 한 잔 하면서 대화합시다."

두 사람이 소파에 앉는 것을 본 유한승 회장이 김동석 비서실장을 보며 약간 상기된 얼굴로 입을 열었다.

"김 실장은 나가서 차를 좀 준비 해 달라고 하게."

유한승 회장의 지시에 김동석 비서실장이 머리를 숙이며 대답했다.

"알겠습니다."

회장실을 빠져 나가는 김동석 비서실장의 얼굴에는 긴장감이 역력했다.

다른 사람도 아닌 요즘 대한민국 경제계에서 가장 유명세를 타고 있는 백룡그룹의 회장이었다.

그런 사람이 직접 방문했다는 사실에 자신도 모르게 긴장이 되었다.

김동석 비서실장이 나가자 이강현이 유한승 회장을 보며 입을 열었다.

"새로 회장님의 비서실장이 되신 분이시군요?"

유한승 회장이 씁쓸한 표정으로 이강현의 맞은편 소파에 앉으며 대답했다.

"비서실 조직을 전부 바꿔버렸어. 그 망할 놈이 몽땅 자신의 수족으로 비서실을 운영하고 있었다는 것을 알았네. 그래서 전부 바꿔버렸지."

자신의 매제인 백선혁과 함께 그룹을 삼키려 했던 전임 비서실장 임영호와 조태영 차장은 그 사건 직후 그룹에서 해고했다.

그리고 그들이 재직 중 저지른 부정행위에 대해서 강도 높은 감사를 벌였다.

그룹의 법률팀에서 직접 조사를 하고, 환수 조치에 나선 상황이었다.

법률팀과 감사팀에서 알아낸 것만도 수십 억 원에 이르

는 자금이 빼돌려진 것이 확인되었다.

그룹 차원에서 직접 환수 조치에 나서는 한편, 사법 조치까지 준비를 하고 있는 상황이었다.

이강현이 덤덤한 표정으로 머리를 끄덕였다.

"그렇군요."

유한승 회장이 이를 악물며 나직하게 중얼거렸다.

"나쁜 놈들이야. 먹고 살만큼 충분하게 가졌으면서도 더 많은 것을 가지려 했던 놈들이지. 불한당 같은 놈들."

유한승 회장은 아직도 그들이 자신을 해치려 했던 사실에 분노하고 있었다.

하긴. 이십년 가까이 자신을 보필해 오면서 최측근 중에 최측근이 배신을 했던 일이었다.

도저히 받아들이기 힘든 일이기도 했다.

이강현은 유한승 회장의 배신감을 이해할 수 있었다.

그리고 그는 다시 입을 열었다.

"그나저나 아까 말씀하신 부영에이스의 협력 요청에 대해 자세하게 듣고 싶습니다."

이강현의 말에 유한승 회장이 머리를 끄덕였다.

"큼, 내가 그놈들 때문에 잠시 화가 치밀어서 그만……."

유한승 회장은 이강현이 보는 앞에서 자신이 노기를 참지 못한 것이 살짝 창피했던 것인지 얼굴을 조금 붉혔다.

유한승 회장이 정색을 한 얼굴로 이강현을 바라보았다.

"아까도 말했다시피 한국에서 스윔기술에 대해 만족할 만한 연구데이터를 가지고 있는 곳은 한국 국방연구소와 부영그룹의 부영에이스가 유일해. 카이스트나 다른 곳에서도 연구를 진행하고 있지만 내가 방금 말한 그 두 곳과는 차이가 있지."

유한승 회장의 얼굴은 조금 전 노기를 띤 얼굴과는 확연하게 차이가 난 얼굴이었다.

그가 이강현을 바라보며 입을 열었다.

"실은 우리 건영그룹이 러시아에서 추진하고 있는 프로젝트가 신 러시아 국토개발 프로젝트와 관련이 있다네."

유한승 회장이 먼저 건영그룹에서 추진하고 있는 사업 내용을 털어놓았다.

그만큼 이강현을 신뢰하기 때문이다.

유한승 회장이 말을 이었다.

"그 신 러시아 국토개발 프로젝트에 우리 건영이 공동으로 참여하는 조건으로 러시아에서 나에게 제시한 제안이 바로 러시아 국영과학연구소 푸트체니크와 합작하는 조건이었어."

"……."

"푸트체니크에서 연구하는 연구프로젝트에 우리 건영이 공동으로 참여하는 제안을 받아드려야 신 러시아 국토개발 사업에 우리가 끼어 들 수 있다는 말이네."

이강현이 눈빛을 번득이며 물었다.

"신 러시아 국토개발 프로젝트라는 게 어떤 것입니까?"

유한승 회장이 이를 드러내며 웃었다.

"아직 러시아의 의회를 통과하지는 못했지만, 조만간 의회를 통과하게 된다면 러시아를 비롯한 극동지역의 경제 인프라가 달라질 거라네."

이강현이 머리를 갸웃했다.

"경제 인프라가 달라진다는 말입니까?"

유한승 회장이 웃으면서 입을 열었다.

"러시아의 극동에 위치한 유일한 부동항이 어디인지 아는가?"

이강현이 대답했다.

"블라디보스톡이 아닙니까?"

유한승 회장이 웃으면서 머리를 끄덕였다.

"맞네. 그런데 러시아는 그 부동항의 규모를 늘리려고 하고 있다네. 그들에게는 수백 년 동안 이어져 왔던 염원이지."

유한승 회장이 어금니를 꽉 깨물며 입을 열었다.

"러시아는 블라디보스톡의 항만 규모를 확장하고 그곳에서 유럽까지 초고속 철로를 개설할 계획이네. 지금의 시베리아 횡단열차 노선과는 다른 또 다른 신 철로를 개척한다는 말이야."

"……."

"기존 시베리아 횡단열차는 물류의 이동에만 사용하고 새로 깔게 될 고속철로에는 물류의 이동을 포함한 기존 사람의 운송을 위한 수단으로 사용할 계획이지."

"엄청난 규모가 되겠군요."

"러시아에서 추산한 자금만 1,200억 달러, 우리 돈으로 환산하면 약 130조가 넘는 엄청난 자금이 투입되는 대규모 프로젝트일세."

이강현이 눈을 깜박이며 물었다.

"러시아에서 그 자금을 감당할 수 있겠습니까? 아무리 러시아 정부에서 추진하는 프로젝트라고 해도 러시아 정부 자체 내에서 그 자금을 부담하기란 쉽지 않을 것 같은데요."

유한승 회장이 이를 드러내며 웃었다.

"허허. 그 때문에 우리 건영이 푸트체니크 국영과학연구소와 합작을 하게 된 것이지. 푸트체니크의 모든 연구에 우리 건영이 공동으로 참여하는 대가로 매년 48톤의 황금을 10년 동안 푸트체니크 국영과학연구소에 제공하는 조건이었지."

이강현이 이마를 찌푸렸다.

"그건 건영그룹에 너무 불리한 조건이 아닙니까? 매년 48톤의 황금을 아무런 실익도 없이 일방적으로 제공해야 하는 조건이라면 회장님께서 실수하신 것 같은데요."

그러자 유한승 회장이 웃으면서 머리를 흔들었다.

"허허, 내가 아무런 계산도 하지 않고 러시아가 건넨 조건을 받아드릴 것 같은가?"

"그렇다면……."

이강현이 신중한 표정으로 유한승 회장을 바라보았다.

유한승 회장이 어금니를 깨물며 입을 열었다.

"신 러시아 고속철로가 개통되면 우리 건영이 30년 동안 운영권을 가지는 조건이 포함되어 있다네. 블라디보스톡 항만도 마찬가지고."

"아……!"

이강현의 입에서 살짝 감탄성이 흘러나왔다.

그 정도 조건이라면 충분히 납득이 되는 일이었다.

유한승 회장이 웃으면서 이강현을 바라보았다.

"그 조건대로 이행된다면 우리가 10년 동안 지불하는 황금의 가치보다는 훨씬 큰 가치가 있는 일이지. 물론 신 러시아 국토개발 프로젝트에도 공동으로 참여하니 그 사업도 무시할 수 없을 것이고."

말끝을 흐리는 유한승 회장의 이마에 주름살이 만들어졌다.

그때 여 비서가 차를 가지고 들어왔다.

그녀는 조심스럽게 테이블에 차를 내려놓았다.

모두의 시선이 여 비서가 내려놓는 찻잔을 바라보았다.

그러자 유한승 회장이 먼저 입을 열었다.

"식기 전에 차나 한 잔 마시면서 다시 이야기 하지."

향긋한 차 향이 유한승 회장이 집무실에 가득해졌다.

차를 한 모금 삼킨 이강현이 찻잔을 내려놓으며 다시 물었다.

"그런데 아까 전화로 말씀하신 스웜기술이란게 그 사업과 관련이 있습니까?"

유한승 회장이 입술을 비틀며 웃었다.

"그게 웃기는 일이야."

"예?"

이강현이 눈을 껌벅이며 유한승 회장을 바라보았다.

유한승 회장이 어금니를 깨물며 입을 열었다.

"우리 건영이 러시아와 추진하고 있는 이 프로젝트에 일본이 끼어 들었단 말이야."

"일본이요?"

"그래, 러시아가 일본에도 똑같이 제의한 모양이야. 그동안 몰래 숨기고 있었던 것이지."

이강현이 눈썹을 좁히며 입을 열었다.

"러시아 쪽에서는 양손의 떡이겠군요?"

유한승 회장이 웃었다.

"허허, 그렇겠지. 그런데……."

유한승 회장이 이강현을 똑바로 바라보며 입을 열었다.

"일본에서는 하네가와 공작소에서 연구하던 스윌기술에 대한 자료를 넘겨준다는 조건을 제시했네. 러시아 쪽에서는 생각지도 못한 제안이었지."

이강현의 얼굴이 천천히 굳어졌다.

유한승 회장이 살짝 머리를 흔들며 말을 이었다.

"일본의 하네가와 공작소의 자료가 제법 가치가 있는 모양이야. 마침 푸트체니크에서도 그 연구를 추진하고 있던 중이었으니 더욱 관심이 갔겠지."

이강현이 물었다.

"만약 회장님께서 러시아 사업을 철수한다면 어떻게 됩니까?"

유한승 회장이 웃으면서 입을 열었다.

"이미 러시아 정부와 합의된 계약서의 내용 중에는 먼저 계약을 불이행 할 경우 상대방에게 투입된 계약금의 10배를 배상해 주도록 명시되어 있다네."

말을 하며 잠시 숨을 고른 유한승 회장이 혀로 입술을 핥으며 다시 입을 열었다.

"우리와 러시아 정부의 계약서는 러시아 정부의 대통령 직인까지 찍혀 있는 계약서지. 그 때문에 우리로서는 절대로 물러설 수도 없는 상황이야."

"……"

"참고로 자네에게 매입했던 황금 10톤을 포함해서 총 48톤의 황금이 이미 계약금으로 지급되었다네."

유한승 회장의 말에 이강현의 눈이 살짝 커졌다.

"만약 회장님이 손을 턴다면 이미 지급된 황금 48톤뿐만 아니라 나머지 432톤을 조건 없이 지급해야 하는 것이군요."

유한승 회장이 씁쓸한 표정으로 웃으면서 머리를 끄덕였다.

"그러니 괘씸해도 어쩔 수가 없이 러시아의 일방적인 행동을 지켜만 보고 있어야 하는 상황이야."

"방법을 찾아야겠군요."

"그래서 우리도 연구팀에 합류해서 일본의 하네가와 공작소에서 제시한 스월기술에 대한 연구에도 끼어들 생각이었는데… 푸트체니크에서 우리에게는 어떤 자료도 넘겨주지 않고 있어."

"……."

"자신들의 말로는 러시아 국방비밀이 관련되어 있어서 자료를 넘겨줄 수 없다는 핑계를 대면서 말이야."

이강현이 신중한 표정으로 머리를 끄덕였다.

"러시아에서는 회장님과 건영그룹이 스스로 물러나기를 바라고 있는 것 같군요."

유한승 회장이 굳은 얼굴로 머리를 끄덕였다.

"아마 러시아 쪽에서는 그것을 바라고 있을 거야. 황금은 우리에게서 챙기고 기술은 일본에게서 받아내면 되니까 말이야. 북극곰 같은 놈들이 제법 여우같은 꾀를 부리고 있는 셈이지."

유한승 회장은 생각만 해도 머리가 아프다는 듯 이마를 손으로 짚으며 얼굴을 찌푸렸다.

"만약 프로젝트를 포기하면 건영에서 손해를 보아야 하는 돈이 35조 원쯤 될 거야."

"적지 않은 돈이군요."

"마음 같아서는 손해를 감수하고 포기하고 싶지만… 적어도 러시아의 부동항 운영과 신 시베리아 횡단철로의 30년 운영권 때문에 포기하는 것도 쉽지 않아."

대한민국이 러시아 정부의 철도 운영의 주도권을 30년 동안 차지할 수 있는 역사적인 상황이었다.

유한승 회장은 그것을 포기하고 싶지 않았다.

이강현이 유한승 회장을 바라보며 입을 열었다.

"만약 제가 부영에이스 정밀에서 보유하고 있는 그 스윔 기술이라는 것을 회장님께 드리면 푸트체니크에 자료를 넘겨줄 생각이십니까?"

유한승 회장이 이강현을 물끄러미 바라보았다.

"내가 그렇게 한심한 사람으로 보이는가?"

이강현이 이마를 찌푸렸다.

"그럼……?"

"푸트체니크에서는 자신들의 데이터나 자료를 우리 건영에 넘겨주지 않지만 우리가 자체적으로 그 기술을 보유하고 있다는 것을 그들이 알게 될 경우 어떤 일이 발생할 것 같은가?"

이강현의 눈이 살짝 커졌다.

유한승 회장과 같은 노련한 사람이 그런 엄청난 기술 자료를 러시아 측에 고의적으로 넘겨줄 리는 없을 것이었다.

유한승 회장이 어금니를 깨물며 입을 열었다.

"푸트체니크에서는 우리 건영에 자료를 넘겨주지 않지만 우리가 이미 그보다 더 세밀한 자료를 확보하고 자체적으로 연구를 하고 있다면 어떤 상황이 발생할 것 같냔 말일세."

이강현이 자신도 모르게 머리를 끄덕였다.

"건영의 입지가 더 확실해지겠군요. 스웜기술의 공동 연구에도 건영의 개입을 더 이상 방해하지도 못하게 될 것이고요."

유한승 회장이 웃으면서 입을 열었다.

"난 저 광활한 땅에 놓일 고속철로의 운영권을 30년 동안 우리 대한민국이 가질 수 있다는 꿈을 늘 꾸고 있다네. 우리 대한민국이 광활한 대륙을 가르는 철로를 우리 손으로 운영할 수 있는 역사적인 일을 내 눈으로 보고 싶다는 욕심이지."

말을 하는 유한승 회장의 눈이 이글이글 타는 듯 새파랗
게 빛나고 있었다.

이강현이 물었다.

"일본 측의 참가 기업은 어딥니까?"

이강현의 물음에 유한승 회장이 이강현을 보며 대답했
다.

"메이와그룹이라는 곳이야. 이시모토 마쓰오라는 자가
회장으로 있는 곳이지."

유한승 회장의 말에 이강현의 눈이 살짝 커졌다.

"메이와그룹이라고 하셨습니까?"

유한승 회장이 머리를 끄덕였다.

"그렇네. 이 회장도 아는 곳인가?"

유한승 회장이 살짝 놀란 눈으로 이강현을 바라보았다.

이강현이 입술을 비틀며 싱긋 웃었다.

"뭐 알고 있다는 것 보다는 낯설지 않은 곳이라고 해야
하겠지요."

이강현은 사렌 섬에서 아릴 하메드를 만나기 위해 메이
와그룹에서 찾아왔던 일을 기억하고 있었다.

이런 식으로 다시 메이와그룹이라는 이름을 듣게 되는
것이 묘한 느낌으로 와 닿았다.

그때였다.

옆에서 듣고 있던 박동현 사장이 조심스러운 얼굴로 끼어 들었다.

"저… 두 분 회장님, 제가 한 말씀만 드려도 되겠습니까?"

박동현 사장의 말에 이강현과 유한승 회장이 박동현 사장을 바라보았다.

이강현이 머리를 끄덕이며 입을 열었다.

"말씀하십시오. 박 사장님."

유한승 회장도 머리를 끄덕였다.

"언제든 말씀하셔도 됩니다."

두 회장이 승낙하자 박동현 사장이 살짝 붉어진 얼굴로 입을 열었다.

"좀 전에 말씀하신 일본 하네가와 공작소에서 연구한 스웜기술은 초보적인 시퀀스 기술이 접목된 기초 단계의 기술일 겁니다."

이강현이 눈을 껌벅이며 박동현 사장을 바라보았다.

"박 사장님이 그것을 어떻게 아십니까?"

유한승 회장도 놀란 얼굴로 박동현 사장을 바라보았다.

박동현 사장이 빙그레 웃으며 입을 열었다.

"제가 명신 자동차와의 갈등으로 미르정밀을 포기하려고 했을 때 미르정밀에서 공동으로 연구하던 친구가 일본으로 건너간 적이 있었지요."

"그런 일이 있었습니까?"

"저만큼 연구에 미친 친구였는데 진행 중이던 연구를 차마 포기하지 못하고 일본에서 마저 연구를 할 생각이었다고 했습니다. 뭐, 사실 엔진 기술이라면 한국보다 일본이 현재까지 우위에 있는 것은 사실이니까요."

박동현 사장의 말을 듣는 이강현과 유한승 회장의 눈이 살짝 떨렸다.

"유 회장님께서 말씀하신 하네가와 공작소는 최첨단 정밀기계와 공조기술을 비롯해 항공기엔진개발기술과 소재기술, 자동차 제어기술 등을 연구하는 곳입니다. 제 친구가 일본으로 간 이유는 바로 그 하네가와 공작소의 초대를 받아서 가게 된 것이지요."

"하네가와 공작소의 초대라구요?"

"예, 그 친구가 자신의 연구 논문을 모교의 도움을 받아 학술지에 발표했는데, 일본에서 그것을 보고 그 친구를 초청한 것이었습니다."

"아."

"허허, 참으로 기막힌 우연이군."

두 회장의 입가에 저절로 탄성이 흘러나오고 있었다.

박동현 사장이 계속 말을 이었다.

"그 친구는 하네가와 공작소의 연구실에서 자동차 엔진의 제어기술을 연구 중이었다고 했습니다. 자동차의 제어기술은 스윔기술과 상당한 부분에서 공통적인 기술이 기반이 되어야 합니다. 그 때문에 그 친구도 의도하지 않았지만 하네가와 공작소에서 연구하던 스윔기술의 기반을 알게 되었지요."

말을 마친 박동현 사장이 눈을 껌벅이며 이강현과 유한승 회장의 얼굴을 바라보았다.

"그 친구의 말로는 일본의 자동제어기술은 자신이 생각했던 것 보다는 상당히 뒤떨어진 방식이었다고 하더군요. 그 고질적인 아날로그 방식의 테크놀로지 때문이었다고 하면서 말입니다. 그 때문에 어느 정도의 한계 이상을 넘지 못하고 있었다고 했습니다."

"그 정도입니까?"

"그 친구로서는 일본의 스윔기술 기반의 제어기술을 배워보려 했지만 의미가 별로 없었다고 했습니다. 오히려 한국으로 돌아와서 저와 연구를 하는 것이 더 재미있을 것 같다면서 얼마 후 돌아오고 말았지요."

이강현이 물었다.

"그 친구 분도 지금 사장님과 같이 계시는 것입니까?"

박동현 사장이 웃으면서 입을 열었다.

"현재 미르정밀의 부사장이자 연구실 수석팀장 하동우가 바로 그 친굽니다. 제가 미르정밀로 다시 복귀했다는 것을 알리자 가장 먼저 달려온 사람이 그 친구입니다. 하하! 그 친구 천재입니다. 제가 보증하지요."

박동현 사장은 자신의 친구인 하동우를 이 세상 그 누구보다 믿고 있었다.

이강현이 싱긋 웃었다.

"제가 한번 만나봐야 할 분 같군요."

박동현 사장이 웃으면서 머리를 끄덕였다.

"아마 그 친구라면 회장님도 좋아하실 겁니다."

듣고 있던 유한승 회장이 이강현을 바라보며 입을 열었다.

"허허, 이 회장은 가만히 있어도 인재가 이 회장에게 자신의 발로 찾아오는 복을 가진 모양이네. 부럽군 그래."

이강현이 유한승 회장을 바라보며 입을 열었다.

"일단 회장님의 말씀을 들었으니 우리가 스윙기술을 확보하고 있다면 자료를 넘겨 드리도록 하지요."

유한승 회장이 이강현을 바라보며 머리를 끄덕였다.

"그렇게 해 준다면 절대로 이 회장의 은혜를 잊지 않겠네. 우리 건영에서 백룡그룹을 도울 일이 있다면 내가 발 벗고 나서지."

유한승 회장의 말에 이강현이 싱긋 웃었다.

"그 말씀 잊지 않을 겁니다."

유한승 회장이 빙그레 웃으며 이강현을 바라보았다.

"만약 러시아의 신 시베리아 횡단 고속철로 개발 프로젝

트를 우리 건영에서 맡게 된다면 어차피 건영 단독으로서
는 그 사업을 추진하긴 어려울 것이네. 그때는 우리 건영
의 사업파트너로 백룡그룹을 선택할 생각인데 어떤가?"

유한승 회장의 눈이 반짝이고 있었다.

이강현이 잠시 무언가를 생각하다가 유한승 회장을 바라
보며 입을 열었다.

"만약 회장님께서 사업차 러시아로 가실 일이 있다면 저
에게 먼저 알려주실 수 있겠습니까?"

유한승 회장이 눈을 껌벅이며 이강현을 바라보았다.

"이 회장 자네에게 알려달라고?"

이강현이 머리를 끄덕였다.

"그렇습니다."

유한승 회장이 물었다.

"그 이유를 물어도 되겠는가?"

이강현이 머리를 끄덕이면서 대답했다.

"내일 총리님과 대전에서 다시 만나기로 약속했습니다.
이번에 우리 백룡그룹으로 합병된 부영에이스 정밀과 국
방과학연구소의 연구팀들이 공동으로 진행해야 할 프로
젝트가 있어서 만나는 겁니다."

유한승 회장이 멍한 표정으로 이강현을 바라보다가 되물
었다.

"국방과학연구소와 공동으로 진행하는 프로젝트가 있다

니 혹시 내가 알아도 문제가 없겠나?"

이강현이 싱긋 웃으며 대답했다.

"스크렘제트 엔진이라는 한국형 항공기의 엔진에 관한 내용입니다."

유한승 회장이 눈을 껌벅였다.

"한국형 항공기? 백룡그룹에서 벌써 그런 것도 진행하고 있는 것인가?"

이강현이 이를 드러내며 웃었다.

"여기 계신 우리 박 사장님께서 연구하신 자료가 바로 그 스크렘제트 엔진과 관련이 되어 있는 기술입니다. 하하."

"세상에……."

유한승 회장이 놀란 얼굴로 박동현 사장을 바라보았다.

박동현 사장이 살짝 얼굴을 붉히며 머리를 숙였다.

이강현이 유한승 회장의 얼굴을 다시 바라보며 물었다.

"회장님께서는 혹시 하이퍼루프라는 말을 들어보신 적이 있으십니까?"

"하이퍼루프?"

유한승 회장은 이강현이 하는 말을 들을 때마다 놀라고 있었다.

이강현이 부드럽게 웃으며 입을 열었다.

"하이퍼루프라는 것은……."

유한승 회장이 하이퍼루프에 대해 설명하려는 이강현을

향해 손을 내밀며 흔들었다.

"굳이 설명할 필요 없네. 나도 알고 있으니까. 미래 세대에 추진하게 될 교통망이 아닌가? 진공상태의 튜브 속에서 음속 이상의 속력으로 이동하는 교통수단 말이야. 상용화 될 경우 항공기보다 빠르다고 알려졌더군."

유한승 회장도 대기업의 회장답게 이미 하이퍼루프에 대해 알고 있었다.

이강현이 빙그레 웃었다.

"전 세계에서 그 하이퍼루프가 우리나라에서 가장 먼저 개통하게 될 겁니다."

"뭐?"

이강현이 살짝 얼굴이 붉어져 있는 박동현 사장을 바라보며 입을 열었다.

"우리 박 사장님께서 이미 그것을 개발하는 것에 성공 하셨으니까요. 하하."

"…그게 정말인가?"

유한승 회장이 눈을 치켜뜨고 이강현을 바라보았다.

이강현이 빙그레 웃으면서 머리를 끄덕였다.

"예. 그 때문에 회장님께서 러시아를 가시게 된다면 저에게 알려달라고 한 것입니다."

유한승 회장의 눈꺼풀이 파르르 떨렸다.

"설마 러시아에……."

유한승 회장은 차마 다음 말은 하지 못했다.

이강현이 담담한 얼굴로 유한승 회장을 보며 입을 열었다.

"신 시베리아 횡단 고속철로를 건영에서 맡을 경우 그 운영권을 30년 동안 건영에서 맡는다고 하셨지요?"

"그, 그랬지."

유한승 회장이 창백한 얼굴로 머리를 끄덕였다.

이강현이 입을 열었다.

"만약 우리가 시베리아 횡단 하이퍼루프를 설치할 경우 그 운영권을 30년이 아닌 50년으로 연장하고, 블라디보스톡과 하바로프스크 일대 연해주 불모지에 향후 50년간 자치령을 제안한다면 어떻게 될까요?"

이강현의 말에 유한승 회장은 하얗게 질린 얼굴로 이강현을 바라보았다.

이강현이 싱긋 웃으며 입을 열었다.

"겨울이면 세상이 몽땅 얼어붙어 버리는 불모의 땅뿐인 러시아입니다. 아주 달라는 것도 아니고 개발하고 개간해서 50년 뒤에 돌려주는 것이니 러시아 쪽으로서는 딱히 손해 보는 일도 아닐 겁니다."

"……."

"게다가 전 세계에서 가장 긴 하이퍼루프를 공짜로 가지게 되는 것이니 그 가치는 상상을 초월할 겁니다."

유한승 회장이 떨리는 시선으로 이강현을 바라보았다.

"이 회장… 자네 진심인가?"

이강현이 한 말은 러시아 정부가 뒤집어 질만큼 엄청난 파급력을 지닌 말이었다.

이제는 푸트체니크나 스윔기술 같은 작은 문제가 아니라 국가전체가 흔들릴 만큼 엄청난 말들이었다.

이강현이 머리를 끄덕였다.

"물론입니다. 회장님께 장난 같은 말로 놀리고 있을 정도로 한가한 놈이 아닙니다."

유한승 회장이 굳은 얼굴로 이강현을 바라보았다.

"만약 그게 사실이라면 러시아의 대통령과 만나야 할 수도 있을 것이네."

이강현이 머리를 끄덕였다.

"만나야 한다면 만나야지요."

유한승 회장이 머리를 흔들었다.

"난 지금 괴물과 앉아 있는 것 같은 생각이 드네. 살다보니 이런 일도 생기는군 그래."

유한승 회장은 진심으로 이강현의 배포에 감탄했다.

처음 금을 팔기 위해 찾아왔던 이강현과는 다른 모습이었다.

이강현은 시간이 지날수록 저 혼자서 진화를 해 나가는 것만 같았다.

지금의 이강현은 유한승 회장이 알고 있는 그 어떤 사업가보다 더 노련하고 영리한 경영인의 모습이었다.

유한승 회장이 머리를 끄덕였다.

"알겠네. 조만간 러시아로 출국할 일이 있으니 그때 이 회장에게 통보를 하도록 하지."

이강현이 빙긋 웃었다.

"기다리고 있겠습니다."

이강현과 유한승 회장의 만남은 그렇게 끝이 났다.

* * *

끼익—

이강현의 저택으로 향하는 골목길 입구에 승용차가 멈춰섰다.

저택과는 약 40m 정도 떨어진 거리였다.

승용차의 앞쪽으로 저택의 담장이 보이는 위치였다.

승용차의 안에는 4명의 건장한 남자들이 타고 있었다.

사내들의 얼굴은 모두가 살짝 긴장한 듯 경직된 표정이었다.

운전을 하던 30대의 남자가 골목길 앞쪽을 바라보며 입을 열었다.

"정말 이 저택이 맞습니까?"

사내의 물음에 중년의 남자가 고개를 끄덕였다.

"그래. 담장을 따라 조금 가면 정문이 나올 거야."

운전석의 사내가 휘파람을 불어냈다.

"휘유~ 누가 살고 있는 집이기에 이렇게 집이 큰 겁니까?"

뒷좌석의 중년 남자가 중얼거리듯 대답했다.

"백룡그룹 이강현 회장이 사는 저택이다."

그 말에 차 안에 타고 있는 사내들의 얼굴에 놀란 표정이 떠올랐다.

그들은 그저 한 사람을 포섭하기 위해 온 것뿐이었다.

하지만 그 대상이 되는 곳이 요즘 한창 유명해지고 있는 백룡그룹 회장의 저택일 줄은 몰랐다.

조수석에 앉은 30대 남자가 뒷좌석으로 고개를 돌리며 물었다.

"정말 여기가 백룡그룹 회장이 살고 있는 저택입니까?"

중년의 남자가 머리를 끄덕였다.

"그래."

짧게 대답을 하는 50대의 중년 남자는 김찬호의 친구였던 최대성이었다.

최대성은 저택의 집사가 김찬호라는 사실에 기겁을 하고는 도망을 쳤었다.

그는 다시 김찬호와 대면을 하면서 심장이 벌렁거렸다.

만약 정문을 가로막은 철문이 없었다면 자신은 아마 김찬호의 손에 잡혀 쇠고랑을 찼을 지도 모른다.

최대성이 어금니를 꽉 깨물고 승용차에 타고 있는 사내들을 보며 입을 열었다.

"수단과 방법을 가리지 말고 김찬호라는 집사를 포섭하도록 해. 만약 제대로만 해 준다면 너희들과 약속한 대로 남은 잔금 5천만 원씩 받게 될 거다."

최대성의 말에 차 안에 앉은 사내들의 얼굴이 살짝 상기되었다.

누군가를 포섭하는 일은 그리 어렵지 않은 일이라 생각했다.

더욱이 그에게 제시할 돈이 무려 5억이었다.

그 정도 조건이라면 누구든 넘어올 것이라 생각했다.

그런 간단한 일을 위해 이미 받은 선금만 1천만 원이었다.

차 안에 앉아 있는 사내들이 싱긋 웃었다.

"하하. 염려하지 마십시오. 최 사장님."

"뭐 안 되면 겁이라도 좀 줘서 사장님 말을 듣게 만들지요."

"하하, 우리가 누굽니까? 최 사장님은 우리만 믿으시면 됩니다."

웃으면서 말을 하는 사내들의 얼굴에는 자신감이 가득

차 있었다.

그들은 영등포에서 '해궁'이라는 술집을 운영하는 친구 박용석이 소개해 준 사람들이었다.

박용석의 말로는 그들 모두 영등포 일대를 장악하고 있는 역전파라는 조직의 조직원들이라고 했었다.

그들은 '해궁'에 종종 나타나는 사람들이었다.

박용석의 말로는 그들이 역전파에서 나름 힘 꽤나 쓴다는 조직원들이라고 알려주었다.

하지만 그들은 이곳에서 역전파의 차영호가 기겁을 하고 돌아갔다는 사실을 알지 못했다.

유나 클라시스와 이강현의 저택은 역전파에게는 절대로 접근해서는 안 될 금지나 마찬가지였다.

하지만 조직의 말단인 그들은 이곳에 어떤 곳인지 상상도 못하고 있었다.

최대성은 해결하기 부담스러운 일이 있으면 종종 박용석에게 부탁을 했었다.

그리고 박용석은 역전파의 하부 조직원들을 연결시켜주곤 했었다.

최대성이 박규동에게 말했던 검은 세계와의 끈이 바로 이것이었다.

최대성이 굳은 표정으로 입을 열었다.

"단순하게 생각하면 안 돼. 이 저택의 집사는 그렇게 만

만한 사람이 아니야. 간단할 것이라고 생각하면 실패 할
수도 있어."

최대성의 말에 뒷좌석의 사내가 대답했다.

"하하, 우리 최 사장님은 참 걱정도 많으십니다. 증언 하
나에 돈 5억 원이 생기는 일입니다. 무덤 속에 잠자고 있
던 저희 아버지도 벌떡 일어날 겁니다. 아무런 걱정 마시
고 기다리시면 됩니다."

대답을 하는 사내의 얼굴에는 웃음기가 가득했다.

최대성의 미간이 살짝 좁혀졌다.

이런 식으로 간단하게 생각할 문제가 아니었다.

그래서 더 당부를 하고 싶었다.

하지만 세 명의 사내들은 벌써부터 흥분한 기색이 역력
했다.

최대성이 눈을 껌벅이며 세 사내를 훑어보다가 입술을
꾹 깨물었다.

자신은 김찬호의 앞에 나타날 수가 없는 상황이었다.

어쩔 수 없이 역전파 조직원들에게 부탁을 했지만 왠지
꺼림칙한 느낌이 들었다.

조수석에 앉은 사내가 뒷좌석을 돌아보며 최대성을 바라
보았다.

역전파의 하부 조직원인 김길수라는 사내였다.

김길수가 최대성의 얼굴을 보며 입을 열었다.

"최 사장님. 너무 걱정하지 않으셔도 됩니다. 우리가 누군지 사장님이 잘 아시지 않습니까?"

그들은 역전파의 조직원이라는 사실에 상당한 자부심을 가지고 있었다.

자신들이라면 충분히 해결할 수 있을 것이라고 생각하고 있었다.

최대성은 아무 말도 하지 않았다.

* * *

달그락—

소반 위에 젓가락을 내려놓은 김찬호의 얼굴 표정은 사뭇 굳어져 있었다.

아내 이미영이 점심으로 차려준 잔치국수가 아직 남아 있었다.

평소 국수를 좋아하는 김찬호 답지 않은 모습이었다.

이미영은 남편이 젓가락을 내려놓는 것을 보며 눈을 동그랗게 떴다.

"그만 드시는 거예요?"

국수를 삶아 내놓으면 국물까지 싹 다 비워버릴 정도로 남편이 좋아한다는 것을 알고 있었다.

그런 남편이 국수를 남기는 것이 이상했다.

김찬호가 머리를 흔들었다.

"오후에 장미를 손질해야 하고 연못 청소까지 해야 하는데 그게 신경이 쓰여 입맛이 별로 없어."

김찬호는 자신의 내심을 말하지 못하고 정원 핑계를 대었다.

친구인 최대성에게 사기를 당해 결국 이곳까지 오게 된 김찬호였다.

그런데 어제 저택에 나타났던 최대성의 생각에 머릿속이 복잡했다.

최대성이 무슨 이유로 저택을 찾아오게 된 것인지 아무리 생각해도 그 이유를 알 수가 없었기 때문이다.

최대성이라면 죽을 때까지 절대로 용서하지 않을 아내였기에, 이미영에게도 차마 말을 할 수 없었다.

이미영이 이마를 찌푸렸다.

"어제부터 통 말이 없으시더니 무슨 일이 있는 거예요?"

이미영은 어제부터 남편의 행동이 이상했다는 것을 느끼고 있었다.

남편에게 무슨 고민이 있는 것이 아닌지 의심했다.

김찬호가 머리를 흔들었다.

"그런 거 없어."

짧게 대답한 김찬호가 이내 옆에 놓아둔 밀짚모자를 들고 일어섰다.

그런 남편을 보는 이미영의 이마에 살짝 주름이 생겨났다.

이미영이 남편을 보며 입을 열었다.

"현관 옆에 라일락하고 나팔꽃 꽃씨 사다 놓은 것 잊지 말아요."

저택의 큰 사모님이 꽃을 좋아한다는 것을 알고 시장을 볼 때 각종 꽃의 종패를 사서 가져온 이미영이었다.

김찬호가 머리를 끄덕였다.

"응."

김찬호 역시 저택의 큰 사모님이 한가한 시간이면 담장을 따라 피어난 꽃들을 손질한다는 것을 누구보다 잘 알고 있었다.

먹던 국수를 채 마저 먹지 못하고 현관으로 향하던 김찬호가 잠시 걸음을 멈추었다.

그는 밥상 앞에서 남은 국수그릇을 끌어당기고 있는 아내를 돌아보았다.

잠시 아내의 얼굴을 멀뚱하게 바라보던 김찬호가 입을 열었다.

"여보."

김찬호의 부름에 이미영이 남은 국수를 먹다말고 머리를 들었다.

그녀의 볼이 볼록했다.

김찬호가 그런 아내의 얼굴을 바라보며 입을 열었다.

"우리 다시 예전으로 돌아갈 수 있다면 당신은 어떻게 할 거야?"

김찬호의 말에 이미영이 눈을 껌벅이다가 입 안의 국수를 삼키고 대답했다.

"예전으로 돌아간다니요?"

"우리가 큰 사모님과 회장님을 만나기 이전으로 돌아간다면 당신은 어떻게 할 거냔 말이야. 예전처럼 장사를 하면서 살 수 있을지 묻는 거야."

이미영이 피식 웃었다.

"전 싫어요. 그때보다는 지금이 훨씬 편하고 좋은걸요. 우리 좋은 사람들하고 같이 살고 있는 거예요."

아내의 말에 김찬호의 입가에 살짝 미소가 피어올랐다.

"그렇지? 아득바득 살던 그때보다는 지금이 좋은 거지?"

이미영이 웃었다.

"그때는 그게 최선을 다해 사는 것이라고 생각했지만, 이렇게 살다보니 여기보다 좋은 곳은 없을 거라는 생각이 들어요."

"……."

"슬기도 행복해 하고 당신하고 나 역시 이곳보다 좋은 곳은 이 세상에 없을 것이라고 생각하잖아요. 또 우리를 배려하고 아껴주시는 큰 사모님이랑 회장님도 만났고요."

입가에 포근한 미소를 머금고 말을 하는 아내의 모습에 김찬호가 말없이 머리를 끄덕였다.

아내에게 사기치고 달아난 원수와 같은 친구 최대성을 우연히 만났다는 말은 차마 말할 수가 없었다.

김찬호가 아내를 보며 입을 열었다.

"정원 손질은 내가 할 테니 당신은 그냥 집에 있어."

6월이 깊어지면서 한낮에 내려쬐는 햇살은 제법 따가웠다.

어느새 초여름의 느낌까지 풍겨질 정도였다.

이미영이 머리를 흔들었다.

"아니에요. 담장의 장미 손질은 그렇다고 해도 연못 청소는 당신이 혼자서 할 수 있는 게 아니잖아요."

아침에 큰 사모님이 소영이와 함께 정원을 산책했다.

그때 연못에 끼인 물이끼를 보면서 청소를 해야겠다고 중얼거리던 것을 이미영은 들었다.

그래서 그것을 남편에게 말하자 남편은 연못 청소를 해야겠다고 말을 한 것이었다.

연못 청소는 어떻게 생각하면 간단하다.

하지만 혼자서 하기는 사뭇 부담스러운 것은 사실이었다.

연못 속에 살고 있는 물고기들도 건져야 하고 물도 빼야

했다.

그리고 바닥을 모두 솔로 씻어내는 작업이 간단하지는 않았다.

단순한 작업이지만 혼자서 하기는 꽤 힘든 일이었다.

그래서 이미영도 함께 거드려는 것이다.

김찬호가 머리를 끄덕였다.

"그럼 연못 청소 할 때 잠시 나와서 거들어줘."

"그럴게요."

이미영이 대답하자 이내 김찬호가 몸을 돌렸다.

장화를 신고 저택의 별채 문을 열고 나서자 눈이 부실 듯한 6월의 오후 햇살이 별채의 뜨락으로 쏟아지고 있었다.

현관 입구에 놓아둔 정원 손질용 가위와 모종삽이 보였다.

그리고 그 곁에 아내가 사놓은 각종 꽃의 종패도 있었다.

김찬호는 그것들을 챙겨서 정원으로 걸음을 옮겼다.

하지만 그의 머릿속에는 여전히 최대성이 자신을 보고 놀라던 얼굴이 떠나지 않았다.

생각을 털어버리려는 듯 머리를 흔든 김찬호의 표정이 우울해 보였다.

* * *

김지아는 오전의 최의순 교수의 강의 밖에 없었다.

그래서 생각보다 일찍 귀가하는 그녀였다.

학교에서 풀이 죽어서 자신의 눈치를 살피던 노주승 패거리들을 생각하며 입가에 묘한 미소를 머금고 있었다.

노주승이 매일 자랑하듯 타고 다니던 그의 스포츠카도 보이지 않았다.

김지아에게 음흉한 수작을 부리려던 노주승은 다른 사람이 보기에도 확연하게 느껴질 정도로 김지아의 눈치를 살피고 있었다.

그도 그럴 것이 휴학과 복학을 반복할 정도로 가난하다고 생각했던 김지아였다.

등록금을 마련하기도 벅차 보였던 그녀가 백룡그룹 이강현 회장의 여동생이라고는 꿈에도 생각하지 못했었다.

그런 김지아의 엄청난 배경이 드러나게 되자 단번에 주눅이 들 수밖에 없었을 것이다.

김지아는 더 이상 노주승 패거리의 불편한 시선을 의식하지 않아도 된다는 사실이 즐거웠다.

그래서인지 주방으로 단번에 이동할 수 있는 텔레포트 아티팩트를 이용하지 않았다.

그녀는 천천히 걸음을 옮기며 주변의 풍경을 즐기는 중이었다.

집으로 향하는 김지아의 눈에 골목의 입구 한쪽에 멈춰

져 있는 검은색의 대형 승용차가 들어왔다.

하지만 골목길에 승용차들이 주차되어 있는 광경이 낯설지 않았다.

김지아는 대수롭지 않게 생각하며 승용차를 스쳐갔다.

시동이 켜진 승용차의 운전석에는 남자가 앉아 있는 것이 보였다.

하지만 짙은 색의 선팅이 되어 있어서 운전자를 알아보기는 힘들었다.

김지아는 승용차를 지나 그대로 집으로 향했다.

그런데 김지아의 눈에 저택의 입구 쪽 담벼락에 바짝 붙어 서 있는 세 명의 사내들이 보였다.

김지아의 눈이 살짝 커졌다.

"뭐야. 누구지?"

혼잣말처럼 중얼거린 김지아가 천천히 저택의 앞쪽으로 걸음을 옮겼다.

한편 역전파 조직원들이 차에서 내린 뒤 최대성은 운전석으로 자리를 옮긴 상태였다.

만약 역전파 조직원들이 김찬호를 데리고 나오면 그대로 자리를 떠날 생각이었다.

만에 하나 김찬호가 자신을 본다면 역전파 조직원들의 포섭 작업이 수포로 돌아갈 수 있기 때문이었다.

그는 직접 김찬호를 만날 생각이 없었다.

그래서 비싼 돈을 쥐가면서 역전파 패거리를 고용한 것이었다.

그는 김찬호가 5억이라는 돈의 유혹을 이기지 못할 것이라 생각했다.

박규동 상무는 최대 10억을 제시했지만 최대성은 5억이면 충분하다고 생각했다.

자신에게 사기를 당했던 김찬호는 지금 빈털터리가 되었을 것이다.

그런 절박한 상황이라면 5억 원만 해도 만족할 것이라 생각했다.

최대성은 김찬호로부터 이강현 회장이 아동학대를 했다는 증언을 하겠다는 말만 녹음해서 가져오면 그만이었다.

그런데 그때 차 옆으로 누군가 스쳐지나갔다.

긴 머리카락에 키가 큰 여자였다.

최대성이 힐끗 차 옆을 스쳐가는 여자를 바라보았다.

우연인지 차 옆을 스쳐가는 여자가 자신이 타고 있는 차를 힐끗 돌아보는 것이 보였다.

한순간 최대성의 눈이 커졌다.

최대성으로서는 입이 쩍 벌어질 정도로 아름답고 너무나 청순하게 보이는 젊은 여자였다.

그녀의 얼굴을 본 최대성의 심장이 쿵 떨어졌다.

스무 살 정도의 어린 여자로 보였지만 너무 아름다운 여자였다.

여자에게 큰 관심이 없던 최대성도 놀랄 정도로 특별한 느낌이었다.

최대성의 눈이 깜박여졌다.

"학생인 것 같은데 놀랄 정도로 예쁘네. 부자동네라서 그런가. 살고 있는 사람들도 다른 것 같군 그래."

최대성은 여전히 놀란 눈으로 그녀의 뒷모습을 바라보았다.

친구 박용석의 술집에서 보았던 여자들과는 확연하게 차이가 날 정도로 청순한 느낌이 들었다.

그래서인지 그녀의 뒷모습에 시선을 떼지 못했다.

그런데 그의 눈에 그녀가 저택 입구로 걸어가는 것이 보였다.

최대성의 가슴이 갑자기 두근거리기 시작했다.

김지아는 현관 입구 담벼락에 붙어 서 있는 세 명의 남자들을 보며 눈을 깜박였다.

한낮에는 더운 날씨였기에 모두가 반팔을 입는 상황이었다.

하지만 담장에 등을 기대고 서 있는 세 명의 남자들은 모두가 긴팔을 입고 있었고, 옷차림도 평범해 보이지 않았다.

186

김지아의 눈썹이 살짝 찌푸려졌다.

한편 현관 옆쪽 담벼락에 등을 기대고 서 있는 세 명의 사내들은 창살 안으로 김찬호가 모습을 드러내기를 기다리는 중이었다.

그런 그들의 뒤로 맑은 구두발굽 소리를 내며 누군가 다가서는 것이 보였다.

세 명의 사내들은 발걸음 소리에 머리를 돌렸다.

그들의 눈에 눈이 확 뜨일 정도로 너무나 아름답고 청순해 보이는 여자였다.

사내들은 저택으로 다가서는 김지아를 바라보며 놀란 듯 눈을 치켜떴다.

저택의 정문으로 향하던 김지아가 그들을 바라보며 입을 열었다.

"저기… 누굴 찾아오셨어요?"

김지아는 저택의 안쪽을 살피던 사내들이 누군지 궁금했다.

사내들 중 한 명이 김지아를 바라보며 굳은 표정으로 입을 열었다.

"혹시 그쪽이 여기 이 집에 사는 사람이요?"

사내의 말에 김지아가 머리를 끄덕였다.

"네. 그런데요. 근데 무슨 일로 찾아 오셨어요?"

김지아는 까페 끌레오에서 유나 클라시스의 힘을 받아들

였다.

그 힘으로 노주승을 두들겨 패기도 했었다.

그 이후 그녀는 외간 남자에 대한 두려움이 사라진 상태였다.

자신의 힘이 노주승같은 멍청한 놈보다 더 강하다는 것을 알게 된 것이었기 때문이었다.

사내 중 한 명이 급하게 다시 물었다.

"여기 이 집이 백룡그룹의 회장이 살고 있는 집이 확실합니까?"

김지아가 눈을 깜박이며 대답했다.

"네. 저의 오빠에요. 근데 우리 오빠를 찾아오신 건가요? 오빠는 회사에 계실 테니 오빠를 만나시려면 회사로 가시면 될 텐데……."

세 명의 사내들이 서로 얼굴을 바라보며 살짝 놀란 듯한 얼굴이었다.

이미 최대성에게 백룡그룹 회장의 집이라는 이야기를 들었다.

하지만 김지아를 통해 다시 확인하자 절로 얼굴이 굳어버렸다.

사내 중 한 명이 약간 당황한 듯 말을 더듬었다.

"아, 아니 그게 아니라……."

김지아가 맑은 눈을 깜박이며 다시 물었다.

"그럼 다른 볼 일이 있으신가요?"

사내 한명이 입을 열었다.

"아니 우리는 이 저택에 볼 일이 있어서 온 게 아니라 여기서 잠시 누굴 기다리고 있는 거요."

"그런데요?"

"기다리다 보니 이 큰 집이 백룡그룹 회장이 살고 있는 집이라고 해서 신기하기도 해서 구경하던 참이고. 마침 여기가 그늘이라서 햇볕도 피하기 좋아서 서 있던 것뿐입니다."

말을 하는 사내가 힐끗 김지아의 눈치를 살피고 있었다.

김지아의 미간이 살짝 좁아졌다.

정체모를 남자들이 집안을 살피는 것이 달갑지 않았다.

"아, 그럼 우리 집을 찾아오신 것은 아니네요?"

그런데 그때 밀짚모자를 쓰고 정원으로 나오는 김찬호의 모습이 보였다.

김지아가 정문의 창살 사이로 보이는 김찬호를 향해 입을 열었다.

"앗, 아저씨!"

집사 김찬호는 저택의 정문 밖에서 들려오는 김지아의 목소리에 급하게 다가왔다.

"아, 작은 사모님. 이제 돌아오십니까? 오늘은 일찍 오셨네요. 허허."

김찬호는 이소영이 엄마라고 부르는 김지아에게 꼬박꼬
박 작은 사모님이라는 호칭을 사용하고 있었다.

김지아가 머리를 끄덕였다.

"네. 강의가 일찍 끝나서……."

김지아의 말을 들은 김찬호가 저택의 정문 옆에 붙어 있
는 작은 문의 잠금 장치를 풀었다.

철컹—

날카로운 쇠창살의 소음 소리와 함께 문이 열렸다.

김지아가 담벼락에 아직도 붙어 있는 세 명의 사내들을
힐끗 돌아본 후 이내 철문 안으로 들어섰다.

세 명의 사내들은 열려진 철문으로 들어서는 김지아를
굳은 표정으로 바라보고 있었다.

김지아가 저택으로 들어서는 것을 본 사내 중 한 명이 빠
르게 입을 열었다.

"야, 지금은 일단 차로 돌아가자."

"그래."

"그게 좋겠어."

세 명의 사내들은 자신들이 저택의 입구에 서 있던 것을
김지아에게 들킨 이상 생각보다 일이 쉽다는 생각이 들지
않았다.

그 때문에 지금은 물러서는 것이 좋다고 판단한 것이었다.

철문으로 들어선 김지아가 김찬호를 바라보며 입을 열었다.

"문밖에 낯선 사람들이 있어요. 우리 집을 훔쳐보는 것 같았어요."

김지아의 말에 김찬호가 놀란 듯 눈을 껌벅이다가 이내 철문을 열고 밖으로 걸어 나갔다.

그의 눈에 이미 등을 보이며 걸어가고 있는 세 명의 건장한 남자들이 보였다.

그들의 뒷모습을 확인한 김찬호가 머리를 갸웃한 후에 이내 다시 안으로 들어왔다.

김찬호가 김지아를 보며 입을 열었다.

"가는 것 같은데요?"

김지아가 눈을 깜박였다.

"그래요?"

김지아의 머리가 살짝 갸웃거렸다.

분명 그들은 조심스럽게 저택 안을 살피고 있었다.

사내들이 저택에 볼 일이 있거나 아니면 불순한 생각을 가지고 있을 것이라 생각했다.

김지아가 잠시 생각하다가 머리를 끄덕였다.

"갔다면 되었어요."

저택에 오빠와 유나 클라시스가 같이 있는 한 누구도 함부로 들어오지 못할 것이라고 생각했다.

누군가 저택을 살피는 모습을 보자 왠지 꺼림칙한 기분은 들었지만 크게 걱정할 필요는 없을 것이라고 생각했다.

김지아가 김찬호의 모습을 보며 입을 열었다.

"근데 또 정원을 손질하시는 거예요? 매일 그러시면 피곤해서 어떻게 해요?"

김지아는 장화와 밀짚모자를 쓴 김찬호의 손에 정원의 손질에 필요한 도구들이 들려 있는 것을 보며 안쓰러운 표정을 지었다.

김찬호가 이를 드러내며 웃었다.

"매일 매일 손질을 하지 않으면 나중에 더 힘들어져요. 그리고 큰 사모님과 소영이가 꽃을 좋아하니까 예쁘게 가꿔줘야 해요."

김지아가 웃으면서 김찬호를 바라보았다.

"그럼 저도 도와드릴게요."

김지아의 말에 김찬호가 손사래를 저었다.

"아이고 아닙니다. 작은 사모님 예쁜 손이 다칩니다. 허허. 정원 손질은 저 혼자 해도 충분해요. 나중에 연못 청소할 때 소영이 데리고 나오세요. 잉어들이 펄떡이는 것을 보게 될 겁니다."

김지아가 눈을 껌벅였다.

"연못 청소도 하시게요?"

김찬호가 웃으면서 대답했다.

"날이 더워지니 연못에 물이끼가 생기네요. 그냥 놔두면 잉어들에게도 나쁘고 물비린내도 나게 됩니다. 이참에 새 물로 갈아줘야지요."

김지아가 하얀 이빨을 드러내는 김찬호를 보며 생긋 웃었다.

"아저씨 덕분에 어머니가 편해지셨어요. 나중에 연못 청소 할 때 저도 도울게요."

"그럴 필요 없다니까요. 저랑 제 아내가 하면 됩니다."

"아니에요. 힘든 일은 같이 해야 식구라고 할 수 있죠. 나중에 준비하고 나올게요."

김지아는 매일처럼 정원을 손질하는 김찬호가 너무나 고마웠다.

때문에 학교를 일찍 마치고 돌아온 오늘은 그를 도와 같이 정원을 손질할 생각이었다.

김찬호와 짧은 대화를 나눈 김지아가 이내 저택의 본채로 향했다.

*　*　*

한편 저택을 살피고 있던 사내들이 다시 차로 돌아오자 운전석에 앉아 있던 최대성이 놀란 얼굴로 사내들을 바라보았다.

"왜 돌아와? 좀 전에 그 아가씨는 누구야? 저택으로 들어가는 것 같던데…….."

최대성은 차의 운전석에 앉아서 벌어지던 일을 모두 지켜보고 있었다.

조금 전에 들어간 여자가 사내들과 짧게 대화를 하던 장면까지 모두 지켜본 최대성이었다.

최대성의 말에 조수석으로 올라탄 김길수가 입을 열었다.

"좀 전에 만난 그 여자가 누군지 아십니까?"

"대체 누구길래?"

"자기가 백룡그룹 회장의 여동생이라고 하더군요."

김길수의 말을 들은 최대성의 얼굴이 딱딱하게 굳어졌다.

"백룡그룹 회장의 여동생이라고?"

"예."

김길수가 머리를 끄덕였다.

한순간 최대성이 어금니가 꽉 깨물렸다.

그의 머릿속에 태진그룹 박규동 상무가 자신에게 했던 말이 다시 떠올랐다.

'백룡그룹 회장의 저택에 살고 있는 사람을 한 명 몰래 데려와 주시면 됩니다. 데려올 장소는 부평 리치빌타운 101

동 2904호로 데려오시면 됩니다. 물론 누구도 몰라야 되고 누구에게도 말을 해서는 안 됩니다. 오직 나와 최 사장님만 알고 있어야 하는 일입니다.'

'교복을 입고 있는 것으로 보아 고등학교에 재학 중인 여고생인 것 같았습니다. 백룡그룹 회장의 여동생이라고 하더군요.'

박규동이 자신에게 은밀하게 요청했던 부탁이었다.

좀 전에 자신의 차 옆을 지나친 여자가 바로 박규동이 말한 그 여자라고 확신했다.

최대성은 자신도 모르게 머리끝이 쭈뼛 솟아나는 느낌이 들었다.

박규동이 말한 곳으로 데려다 주기만 하면 10억 원의 현금이 자신의 수중에 들어오게 되는 일이었다.

그런데 그 여자가 조금 전 자신의 옆을 스쳐갔다는 것에 소름이 돋을 정도였다.

"여고생이라고 했지만 여고생으로는 보이지 않았는데… 교복 차림이 아니라서 그런 거였나?"

교복을 입지 않은 것이 다소 의아했다.

하지만 그 여자를 데리고 가면 10억이 생기는 일이었다.

그는 김지아가 박규동이 말한 유나 클라시스라고 착각하고 있었다.

최대성은 이전에 김찬호를 만났을 때 그 뒤에 유나 클라시스가 있었다는 사실을 알지 못했다.

당시에는 김찬호에게서 달아나야 한다는 생각뿐이었다.

그래서 그는 김지아가 유나 클라시스라고 오해를 하고 있었다.

김길수가 최대성을 보며 입을 열었다.

"그 백룡그룹의 회장 동생이라는 여자가 예쁘기도 하지만 무척 영리하게 보이더군요. 행여 집으로 들어가서 우리들을 신고라도 할까 싶어 일단 물러날 수밖에 없었습니다."

최대성이 머리를 끄덕였다.

"잘했어. 조금 있다가 다시 가 봐."

"예."

"그럴 겁니다."

세 명의 사내들이 안도의 한숨을 내쉬며 차의 등받이에 등을 기대었다.

김길수가 조수석에서 등을 기대면서 뒤쪽을 향해 입을 열었다.

"한구야, 가서 마실 거라도 좀 사와라. 시X. 긴장을 해서 그런지 목이 마르네."

"그래."

김길수의 말에 조수석 뒤에 앉아 있던 사내가 냉큼 대답하며 차 문을 열었다.

세 명의 사내들 역시 모두가 목이 마르다고 느끼고 있던 참이었다.

운전석에 앉아 있던 최대성이 뒷좌석으로 머리를 돌리며 입을 열었다.

"내가 돈을 줄 테니 넉넉하게 사와."

어느새 지갑을 꺼내든 최대성이었다.

하지만 이제 막 차문을 연 조한구가 빙그레 웃었다.

"저도 돈 있습니다."

조한구가 자신의 가슴을 툭 쳤다.

최대성에게 이번 일을 처리하게 위해 선금으로 받은 돈이 1,000만 원이었다.

문을 연 조한구의 머리 위로 따가운 6월의 햇살이 가득 쏟아졌다.

이내 조한구가 마실 것을 사오기 위해 골목길의 끝으로 휘적휘적 걸음을 옮겼다.

* * *

딸칵—

약간 꽃망울이 시든 장미의 가지를 잘라낸 김찬호가 잘라낸 장미의 가지를 붉은색 플라스틱 통에 던져 넣었다.

저택의 안쪽 정원을 따라 길게 둘러진 장미들은 김찬호의 손길이 스쳐갈 때 마다 단정한 모습으로 변하고 있었다.

6월이 깊어지면서 한낮에는 제법 더위가 느껴졌다.

올 여름은 일찍부터 시작될 것만 같았다.

장미의 손질이 끝나면 연못 청소를 시작해야 했다.

그래서 김찬호의 손길이 바빠졌다.

김찬호가 흘러내린 밀짚모자를 손으로 밀어올리고 다른 장미 가지에 손을 대려는 순간이었다.

"저기… 김찬호씨?"

자신의 이름을 부르는 낯선 목소리가 들려왔다.

장미의 가지를 손질하려던 김찬호가 멈칫했다.

그는 머리를 돌려 소리가 들리는 곳을 바라보았다.

정문 밖에 누군가 서서 자신을 바라보고 있는 것이 보였다.

30대 후반으로 보이는 낯선 남자 3명이었다.

건장한 체격의 남자들이 자신을 빤히 바라보는 중이었다.

그로서는 처음 보는 사람들이었다.

"누구요?"

김찬호가 허리를 세우며 문밖에 서 있는 그들을 보았다.

"김찬호씨 맞습니까?"

김찬호가 장미의 가지를 자르고 있던 가위를 내려놓으면서 몸을 돌렸다.

"내가 김찬호가 맞는데 무슨 일이십니까?"

남자들의 나이는 이제 30살 후반의 나이로 보였다.

김찬호 보다는 한참이나 어려 보이는 남자들이었다.

남자들이 서로 얼굴을 마주보다가 작게 머리를 끄덕이는 것이 보였다.

이내 가운데 서 있는 남자가 김찬호를 향해 손짓을 했다.

"할 말이 좀 있는데 잠시만 나오셔서 이야기 좀 합시다."

남자의 말에 김찬호가 이마를 살짝 찌푸렸다.

"무슨 일인데 그러십니까?"

남자들이 자신의 이름을 알고 찾아왔다는 것이 왠지 꺼림칙하게 느껴졌다.

자신이 이 저택에 살고 있다는 것을 알고 있는 사람은 해병대에 복무중인 아들 밖에 없었다.

친척은 물론 아내의 본가인 처가에도 알리지 않았다.

심지어는 아내도 친구들에게 알리지 않고 있는 사실이었다.

김찬호가 미간을 찌푸리며 정문 쪽으로 천천히 걸음을 옮겼다.

자신의 이름을 알고 찾아온 이상 자신을 찾아온 이유가 궁금해졌기 때문이었다.

김지아가 문밖에서 보았다고 했던 그 남자들이라는 생각
이 김찬호의 머리를 스쳐갔다.

김찬호가 물었다.

"무슨 일이십니까?"

"잠시 나와 보시지 않겠습니까?"

"왜요?"

김찬호는 자신을 문밖으로 불러내는 사내들의 의중이 궁
금해졌다.

남자가 잠시 망설이다가 입을 열었다.

"신우개발 최 사장 아시죠?"

김찬호의 미간이 좁혀졌다.

"신우개발 최 사장?"

"아, 최대성 사장 말입니다."

순간 김찬호의 얼굴이 굳어졌다.

"대성이가 보냈습니까?"

김찬호는 최대성이 자신을 발견하고는 황급히 도망친 일
을 기억하고 있었다.

남자가 잠시 김찬호를 바라보다가 입을 열었다.

"최 사장께서 김찬호씨에게 전해달라는 것이 있습니다.
그러니 잠시 나와 보시죠."

김찬호가 굳은 표정으로 되물었다.

"그 친구가 나에게 전달하라는 것이 뭡니까?"

남자가 대답했다.

"돈입니다."

"돈?"

김찬호의 눈이 살짝 커졌다.

자신의 돈을 몽땅 가지고 달아났던 최대성이었다.

그런 그가 돈을 전달하라고 했다는 것이 너무나 의외였다.

가운데 남자가 약간 상기된 얼굴로 입을 열었다.

"적은 돈도 아니고 상당히 큰돈이기에 그냥 전하고만 갈 수가 없어서 잠시 이야기를 나누고 싶은데……."

김찬호가 굳은 표정으로 입을 열었다.

"나한테서 가져갔던 돈을 돌려주고 싶으면 직접 찾아오지 당신들을 시켜 전달하는 이유가 있소?"

김찬호에게 최대성에 대한 호의적인 감정은 손톱만큼도 남아 있지 않았다.

그래서 김찬호의 입에서 나오는 말도 상당히 까칠했다.

남자가 김찬호를 잠시 바라보다가 입을 열었다.

"최 사장님께서 직접 만나서 이야기 하는 것은 미안해서 만날 수가 없다고 했습니다. 대신 우리들에게 돈을 전달해 달라는 부탁을 했지요. 좀 나오시겠습니까?"

말을 하는 남자의 눈이 김찬호의 얼굴을 빤히 바라보았다.

잠시 문밖에 서 있는 남자들을 바라보던 김찬호가 머리를 끄덕였다.

"그러지요."

　김찬호는 자신에게 돈을 전해달라고 했다는 최대성의 말을 믿지 않았다.

　하지만 굳이 자신을 찾아온 남자들을 피할 이유도 없다고 생각했다.

　더구나 다른 일도 아니고 최대성이 자신의 돈을 사기 친 돈을 돌려주겠다는 말이었다.

　그들을 통해 최대성이 어떤 의도로 돈을 돌려주려는 것인지 알아볼 생각이었다.

　손에 끼고 있던 작업용 장갑을 벗은 김찬호가 작은 철문을 열었다.

　철컹—

　맑은 쇳소리를 내며 철문이 열렸다.

　김찬호가 천천히 철문 밖으로 나섰다.

　그가 밖으로 나오자 문밖에 서 있던 세 명의 남자들이 급하게 김찬호의 앞으로 다가섰다.

　가운데 서 있는 30대 후반의 남자가 김찬호를 보며 입을 열었다.

"잠시 저쪽으로 가서 이야기 좀 합시다."

　남자가 가리킨 곳은 정문의 옆쪽 담벼락 쪽이었다.

힐끗 남자가 가리킨 곳을 바라본 김찬호가 굳은 얼굴로
대답했다.

"그냥 여기서 하시지요."

김찬호가 움직일 생각을 하지 않자 남자들이 서로 얼굴
을 바라보았다.

왼쪽에 서 있던 남자가 김찬호를 바라보며 입을 열었다.

"최 사장이 돈을 돌려주겠다는데 거 참 되게 **빡빡**하게 구
시네?"

김찬호가 피식 웃었다.

"나한테서 가져간 돈을 다시 돈을 돌려주고 싶으면 그 친
구에게 직접 돈을 들고 찾아오라고 하시면 될 것 같군요."

김찬호는 이들이 평범한 사람들과 사뭇 다르다는 것을
직감적으로 느꼈다.

가운데 서 있던 남자가 입을 열었다.

"최 사장이 김찬호씨에게 돌려드리겠다고 한 돈은 5억
입니다."

"뭐요?"

남자가 5억이라고 말하자 김찬호의 눈이 살짝 커졌다.

가운데 서 있는 남자가 김찬호의 얼굴을 바라보며 다시
입을 열었다.

"최 사장이 김찬호씨에게 돌려드린다고 했던 돈이 5억
이라는 말입니다."

가운데 서 있는 남자의 말에 김찬호의 눈빛이 흔들렸다.

최대성이 자신에게 사기를 쳐서 가져간 돈이 거의 8억이었다.

가게를 정리한 돈과 집을 담보로 대출한 돈까지 모두 포함한 돈이었다.

소소한 돈까지 포함한다면 거의 9억에 가까운 돈을 최대성이 가져간 것이었다.

하지만 그중에서 5억을 돌려준다는 말에 김찬호는 머릿속이 멍해졌다.

일부만 돌려준다고 해도 가뭄에 단비처럼 반가울 것은 틀림없었다.

김찬호가 멍한 표정으로 가운데 서 있는 남자를 바라보았다.

그는 영등포 역전파의 하부조직원인 김길수였다.

그나마 머리 회전이 가장 빠른 사내가 김길수였다.

김길수가 김찬호가 놀라는 표정을 보며 내심 미소를 머금었다.

"어떻습니까? 최 사장이 돌려주는 돈을 받으시겠습니까?"

김찬호가 되물었다.

"나한테서 가져갔던 돈을 전부 돌려주는 것도 아니고 굳이 5억만 돌려주는 이유가 있소?"

김찬호의 말에 김길수의 표정이 살짝 굳어졌다.

그로서는 처음 듣는 말이었기 때문이었다.

그때였다.

빵—

부우우우웅—

끼익—

짧은 클락션 소리와 함께 골목길의 끝 쪽에 멈춰서 있던 국산 승용차가 저택 앞쪽으로 달려왔다.

스르르륵—

승용차의 운전석 창문이 내려내려갔다.

그리고 익숙한 얼굴이 모습을 드러냈다.

바로 최대성이었다.

"찬호야."

최대성이 김찬호를 바라보며 나직한 목소리로 입을 열었다.

김찬호의 눈이 커졌다.

"너 지금 이게 무슨 짓이냐?"

"그냥 이 친구들에게 부탁해서 너한테 돈만 전달하려고 했는데 너한테 미안한 게 많아서 직접 너의 얼굴을 보고 말해야 할 것 같다는 생각이 들어서 온 거다."

김찬호가 굳은 표정으로 최대성을 바라보았다.

"그럼 어제도 돈을 돌려주기 위해 찾아온 거냐?"

김찬호의 말에 최대성의 얼굴이 살짝 굳어졌다.

"그게…….."

"넌 내가 여기에 살고 있는 지도 몰랐던 것 같았는데."

최대성이 잠시 김찬호의 얼굴을 바라보다가 입을 열었다.

"일단 여기서 이러지 말고 차에 타지 않을래?"

"차에?"

"너도 돈을 돌려받아야 하고 나도 너한테 정식으로 사과를 하고 싶으니까, 어디 좀 조용한데 가서 이야기 좀 하자."

최대성의 말에 김찬호가 물끄러미 최대성을 바라보았다.

김찬호가 피식 웃었다.

"거짓말을 밥 먹듯이 하는 네가 그런 말을 하는 게 믿어지지도 않지만 내가 그렇게 한가한 사람도 아니야."

"뭐?"

"정원을 손질해야 하고 오늘 중으로 연못 청소도 해야 하니까 말이야. 그리고 돈을 돌려주고 싶다면 직접 네 손으로 들고 와. 이렇게 사람을 시켜 보내지 말고. 그리고 5억이 아니라 네가 나한테 돌려줄 돈은 정확하게 8억 9천만 원이다."

김찬호의 차가운 말에 최대성의 눈이 파르르 떨렸다.

운전석에 앉은 최대성의 어금니가 꽉 깨물렸다.

잠시 김찬호의 얼굴을 바라보던 최대성이 머리를 끄덕였다.

"좋아, 너한테서 가져갔던 돈을 모두 돌려주지."

"전부를?"

"찬호 네가 말한 8억 9천만 원 전부 돌려주겠다는 말이다."

박규동이 김찬호를 매수하는데 허용한 돈은 최대 10억 원이었다.

그 돈을 몽땅 김찬호한테 돌려주는 것이 아까웠다.

하지만 김지아까지 납치한다면 그까짓 돈은 별로 아깝지 않다는 생각이 들었다.

돈을 모두 돌려주겠다는 최대성의 말에 김찬호의 얼굴이 살짝 굳어졌다.

"전부 돌려준다고?"

최대성이 머리를 끄덕였다.

"그래. 몽땅 돌려주지. 필요하다면 이자까지 얹어서 돌려줄게."

"……."

김찬호는 최대성이 돈을 모두 돌려준다는 이야기에 살짝 놀라는 표정이었다.

최대성이 김찬호를 보며 입을 열었다.

"한 푼도 빼지 않고 모두 돌려줄 테니 잠시만 차에 타서 나랑 이야기 좀 하자. 일단 차에 좀 타. 나랑 차라도 한 잔 하면서 이야기 좀 하자."

김찬호가 눈을 껌벅이며 최대성을 바라보았다.

잠시 최대성을 바라보던 김찬호가 머리를 끄덕였다.

"좋아. 멀리만 가지 않는다면……."

김찬호는 돈을 모두 돌려준다는 것에 살짝 마음이 흔들렸다.

하지만 저택에서 멀리 떨어지는 것은 그다지 내키지 않았다.

최대성이 대답했다.

"멀리는 가지 않을 거야. 해야 할 일이 있어서 빨리 돌아와야 하니까."

"알았다."

김찬호가 머리를 끄덕이며 최대성이 타고 있는 승용차를 향해 걸음을 옮겼다.

이내 김찬호가 조수석으로 올라탔다.

그러자 김찬호를 불러낸 세 명의 사내들이 승용차의 뒷좌석으로 올라탔다.

김찬호가 차에 올라타자 최대성이 차를 출발시켰다.

부우우우우웅―

* * *

"슬기 너 정말 학원에는 한 번도 가지 않은 거야?"

손지혜의 말에 김슬기가 웃었다.

"응. 갈 형편도 안 되지만 유나가 워낙 잘 가르쳐줘서 갈 필요가 없었어."

김슬기의 말에 손지혜가 머리를 끄덕였다.

"역시 유나랑 같이 공부를 해서 그렇구나."

옆에서 걷고 있던 3반 반장 김채연이 웃으면서 끼어들었다.

"호호, 슬기는 아예 특수 과외를 받고 있다고 해야 할 거야. 유나랑 함께 공부하면 누구라도 그렇게 생각해야 할걸?"

듣고 있던 윤하늘도 끼어들었다.

"우리도 이참에 유나랑 매일 같이 공부할까? 학원 수업보다는 유나랑 공부하는 게 더 잘될 것 같은데."

뒤쪽에서 걷고 있던 박한솔이 종알거렸다.

"바보야. 그럼 유나가 너무 피곤할거야. 우리가 매일 찾아가면 유나 어머니나 오빠한테도 미안할 거고."

"그런가?"

윤하늘이 머리를 손으로 긁적였다.

중간고사 시험을 마친 유나 클라시스의 친구들이 수다를 떨며 골목길로 접어들었다.

시험을 치르고 난 이후 예비 채점을 해 본 결과 1학년 2반에서 김슬기가 단연 선두였다.

그 사실이 알려지자 반이 술렁일 정도였다.

평소에도 공부는 곧잘 했던 김슬기였지만 이번 중간고사는 말 그대로 파란의 연속이었다.

여학생들 무리중 제일 끝 쪽에서 걷고 있던 유나 클라시스가 살짝 웃었다.

중간고사를 마친 여학생들은 시험에서 해방되었다는 해방감에 젖어 있었다.

그녀들은 그동안 궁금했던 이유나의 집을 방문하기로 한 것이었다.

2반의 김슬기와 윤미영을 포함해 3반의 반장 김채연과 손지혜 그리고 윤하늘과 박한솔, 그리고 5반의 박인하까지 모두 7명이었다.

그녀들은 들뜬 마음으로 이유나의 집을 방문하기로 한 것이다.

조인태 사건 이후 7명은 예성고등학교에서 제일 친한 친구가 되어 있었다.

이유나는 학교에서 별로 공부를 하는 것 같지 않았다.

하지만 그녀의 성적은 워낙 탁월했다.

이미 교과서를 전부 외고 있다는 이야기가 알려지면서 예성고등학교 개교 이후 최고의 수재가 입학했다는 말이 돌 정도였다.

지금까지 단 한 번도 수석 자리를 놓지 않았던 손지혜가 놀랄 정도로 이유나는 영리했다.

1등의 자리를 이유나에게 뺏겼지만 손지혜는 질투하거나 미워할 수가 없었다.

자신도 놀랄 만큼 이유나의 실력이 워낙 월등했기 때문이었다.

담임인 이가은 수학 선생이 장난삼아 출제했던 초 고난도의 수학 문제도 이유나는 너무나 간단하게 풀어버렸을 정도였다.

이가은 선생이 출제한 문제는 수학을 전공하는 대학생들도 풀기 어려운 난제들이었다.

고등학생들 중에 그런 문제들을 풀 수 있는 사람이 없을 것이라 생각하고 장난삼아 문제를 냈다.

그저 수학의 어려움을 맛보여주기 위한 문제였다.

그녀의 예상대로 대부분의 학생들은 그 문제의 의미조차 알아차리기 힘들었다.

하지만 이유나는 너무도 쉽게 문제들을 풀어버렸다.

수학 전공자들도 어려워할 문제들이지만 이유나가 거침없이 문제들을 풀었을 때 이가은 선생조차 입을 다물지 못할 정도였다.

그리고 그녀의 천재성은 과목을 가리지 않았다.

다른 교과에서도 이유나는 엄청난 실력을 보여주어 교사들을 경악하게 만들었다.

학교에서는 앞으로 학교를 크게 빛낼 천재가 입학했다며 기뻐했다.

이유나의 존재는 선생들까지 자랑스럽게 생각할 정도였다.

한 무리의 소녀들이 막 골목길의 중간쯤에 도착했을 때 검은색의 승용차 한 대가 빠르게 돌아 나왔다.

여학생들이 빠르게 골목길의 옆으로 비켜섰다.

부우우우우우웅―

골목길이었지만 승용차가 빠르게 여학생들의 앞쪽을 스치듯 지나갔다.

꽤나 빠르고 거칠게 운전하는 느낌이 들 정도였다.

"뭐야? 왜 저래? 하마터면 다칠 뻔했어."

제일 앞쪽에서 차를 비켜선 손지혜가 이맛살을 찌푸렸다.

한편 김슬기의 얼굴이 딱딱하게 굳어져 있었다.

자신이 잘못 본 것이 아니라면 승용차의 조수석에 낯익은 얼굴이 앉아 있었기 때문이었다.

남자는 바로 김슬기의 아빠였다.

놀란 것은 유나 클라시스도 마찬가지였다.

더구나 김슬기의 아빠 김찬호의 얼굴이 딱딱하게 굳어 있었다.

유나 클라시스의 눈에 한순간 파란 안광이 피어올랐다.

그녀의 손이 너무나 순간적으로 작게 움직였다.

눈에 보이지 않을 정도의 아지랑이 같은 것이 살짝 피어올랐다가 사그라 들었다.

김슬기가 유나 클라시스를 보며 입을 열었다.

"우리 아빠였어. 유나 너도 봤지?"

유나 클라시스가 부드럽게 웃으며 머리를 끄덕였다.

"응, 봤어."

"어딜 가시는 거지? 같이 있는 사람은 또 누구고?"

유나 클라시스가 대답했다.

"어제 너랑 나랑 집 앞에서 본 사람 같았어."

"누구지?"

김슬기는 승용차가 달려 나간 골목길을 바라보았다.

유나 클라시스가 김슬기의 어깨를 살짝 다독거렸다.

"걱정하지 마. 곧 돌아오실 거야."

유나 클라시스의 눈 속에 작은 물결이 일렁였다.

이내 여학생들이 다시 걸음을 옮겼다.

이제 모퉁이를 돌아가면 유나 클라시스의 저택이 모습을 드러낼 것이다.

　　　　　　　　* 　* 　*

"호호 어서오너라, 너희들이 우리 유나 학교 친구들이구
나?"

서영옥 여사가 저택의 거실로 들어서는 여학생들을 보며
놀란 듯 환한 미소를 머금고 맞이했다.

"안녕하세요."

"안녕하세요."

참새 떼들처럼 조잘거리는 목소리로 인사하는 여학생들
의 얼굴에는 놀란 표정이 역력했다.

그녀들의 눈에 친구 이유나의 엄마가 너무나 젊어 보였
기 때문이었다.

더구나 친구 이유나의 집이 너무나 크고 웅장했다.

저도 모르게 위축이 될 정도로 놀랄 수밖에 없었다.

주방에서 청바지에 앞치마를 두른 김지아가 걸어 나왔
다.

"친구들 데려온 거니?"

김지아는 유나 클라시스가 친구들을 데려온 것이 무척
반가운 얼굴이었다.

유나 클라시스가 친구들을 돌아보며 입을 열었다.

"인사들 해. 여기 이분은 우리 할머니시고 여기는 언니야."

유나 클라시스의 말에 친구들의 눈이 동그랗게 변했다.

"할머니? 언니?"

친구들은 서영옥 여사가 유나 클라시스의 엄마라고 생각했다.

하지만 할머니라고 하자 기겁을 한 얼굴이었다.

서남옥 여사의 얼굴은 아무리 많이 보아도 30살 정도의 여자로 밖에 보이지 않았다.

어쩌면 김지아와 비슷한 나이로 볼 수도 있을 정도로 동안이었다.

손지혜가 서남옥 여사를 보며 물었다.

"진짜 유나의 할머니세요?"

서남옥 여사가 웃었다.

"응, 그래."

"세상에……."

두가 믿어지지 않는다는 얼굴로 서남옥 여사를 바라보았다.

김채연이 유나 클라시스를 보며 물었다.

"그럼 엄마는 어디 계셔?"

유나 클라시스가 웃으면서 대답했다.

"응. 멀리 계셔."

유나 클라시스의 엄마는 이세계의 아츨란 대륙에 있었다.

그녀의 말처럼 정말 멀리 있는 것이었다.

차마 사실대로 말할 수가 없어 그렇게 둘러댄 것이었다.

그때였다.

"언니……."

막 낮잠을 잔 것인지 이소영이 자신의 방에서 눈을 비비며 걸어 나왔다.

유나 클라시스의 친구들이 이소영을 보고 반색했다.

"꺅! 저 애 누구야?"

"어머나, 너무 귀여워."

여학생들은 방에서 눈을 비비며 걸어 나오는 이소영을 보며 호들갑을 떨었다.

잠에서 덜 깬 이소영의 눈이 동그랗게 변했다.

"어?"

이소영의 작은 입이 살짝 열렸다.

집 안에 이렇게 사람이 많은 것은 예전에 큰아빠인 아릴하메드 왕세자가 저택을 방문했을 때 이후 처음이었기 때문이었다.

더구나 그때는 외국인들이 많아서 무척 어색한 느낌이 많이 들었다.

하지만 지금은 유나 클라시스와 같은 또래의 언니들이었다.

이소영은 이 상황이 무척 신기했다.

그녀가 유나 클라시스를 보며 물었다.

"언니, 이 언니들 누구야?"

유나 클라시스가 생긋 웃으며 대답했다.

"응, 언니 학교 친구들이야."

그리고 다시 친구들을 바라보며 입을 열었다.

"이 애는 내 동생 이소영이야."

그러자 친구들이 와락 이소영에게 달려들었다.

큰 눈을 깜박이며 자신들을 바라보고 있는 이소영이 너무나 귀여웠기 때문이다.

김영채가 이소영을 안아들면서 입을 열었다.

"언니는 김영채라고 해. 너 소영이라고 했지? 호호, 왜 이렇게 귀여운 거니?"

이소영은 놀란 듯 눈을 깜박이며 김영채의 얼굴을 빤히 바라보았다.

다른 친구들도 이소영을 안아보기 위해 김영채의 주변을 둘러쌌다.

"나도 한번 안아보게 해 줘."

"나도 안아볼 거야."

"아유, 귀여운 볼 살 좀 봐."

"인형 같아."

여학생들에게 이소영은 말 그대로 살아 있는 인형처럼 귀여웠다.

서영옥 여사와 김지아가 흐뭇한 미소를 머금고 바라보았다.

이소영은 약간 불편한 표정만 지을 뿐 싫어하지는 않은 얼굴이었다.

그때 서영옥 여사가 여학생들을 살피다가 유나 클라시스를 보며 물었다.

"근데 슬기는 보이지 않는구나."

단짝처럼 붙어 다니는 김슬기가 보이지 않는 것이 이상하게 느껴진 서영옥 여사였다.

유나 클라시스가 대답했다.

"슬기는 가방 놓아두고 온다고 별채로 갔어요."

"그래?"

서영옥 여사가 머리를 끄덕이고는 김지아를 바라보았다.

"간식 준비를 좀 해야 할 것 같구나."

그러자 김지아가 웃으면서 대답했다.

"제가 할게요. 어머니."

"그래. 과일 사놓은 것이 있을 테니 그걸 내놓으면 될 것 같구나. 오랜만에 집에 사람이 많으니 나까지 들뜨는 기분이야. 호호."

서영옥 여사가 기분 좋은 표정을 지었다.

김지아가 자신의 딸이 되면서부터 자신이 무척 편해진

듯 했다.

오직 아들뿐이었던 그녀에게 새로운 친구가 생긴 느낌이었다.

실제로 서영옥 여사는 한가한 날이면 김지아와 마치 친구처럼 같이 쇼핑도 하고 이강현이 무심하다고 흉을 보며 수다도 떨었다.

그래서인지 서영옥 여사의 표정이 많이 밝아져 있었다.

이내 두 사람이 주방으로 향했다.

두 사람이 주방으로 향하는 것을 본 손지혜가 유나 클라시스를 보며 물었다.

"정말 저분이 할머니시니?"

너무 젊게 보이는 서영옥 여사를 보며 아직도 믿어지지 않는다는 표정이었다.

유나 클라시스가 웃으면서 대답했다.

"그래."

"근데 저렇게 젊으셔? 우리 엄마보다 더 젊으신 것 같아."

손지혜가 눈을 깜빡이며 주방 쪽으로 걸어가는 서영옥 여사의 뒷모습을 바라보았다.

유나 클라시스가 웃으면서 입을 열었다.

"너무 궁금해 하지 마."

차마 서영옥 여사가 클라렌의 이슬을 마시고 젊어졌다는

것을 말할 수는 없었다.

그때였다.

본채의 현관문이 벌컥 열렸다.

김슬기가 살짝 상기된 얼굴로 본채로 들어섰다.

한눈에 보기에도 얼굴이 굳어 있었다.

김슬기가 거실에 서 있는 유나 클라시스를 향해 빠르게 다가왔다.

"유나야."

유나 클라시스는 김슬기의 표정을 보며 단번에 무슨 일이 생긴 것임을 직감했다.

"슬기야. 왜 그래?"

"아까 집에 올 때 골목길에서 지나갔던 차에 타고 있던 사람 우리 아빠 맞지? 너도 봤잖아."

유나 클라시스의 눈이 반짝였다.

"응, 나도 봤어."

김슬기가 굳은 얼굴로 다시 입을 열었다.

"엄마에게 물었는데 아빠는 오늘 장미 울타리 손질하고 연못 청소까지 해야 한다고 어딜 나갈 일이 없었다고 했어."

"그래?"

"그래서 아빠한테 전화를 했는데 계속 전화가 꺼져 있어. 어떡해……?"

김슬기는 아무래도 아빠 김찬호에게 무슨 일이 생긴 것
이라고 생각했다.

김슬기의 얼굴에 불안해하는 표정이 역력했다.

유나 클라시스의 입술이 꾹 다물어졌다.

유나 클라시스가 불안한 표정으로 서 있는 김슬기를 보
며 물었다.

"아주머니는 지금 뭐하셔?"

김슬기가 대답했다.

"혹시 몰라서 계속 아빠에게 전화를 하는 중이야. 아빠
가 엄마 전화를 받지 않으신 적은 한번도 없었는데……."

말끝을 흐리는 김슬기의 두 눈이 흔들렸다.

불안한 감정을 숨기지 못하고 있는 것이었다.

아빠가 친구에게 사기를 당해 하루아침에 모든 것을 잃
었을 때 그때 절망하던 아빠의 표정이 다시 떠오르는 김슬
기였다.

당시 김슬기는 아빠가 스스로 삶을 포기할지도 모른다는
불안감을 느꼈었다.

그래서 늘 아빠를 감시해야 할 정도였다.

혹시나 또 그런 일이 일어나는 것은 아닌지 불안하기만
했다.

유나 클라시스가 김슬기의 등을 토닥였다.

"너무 걱정하지 마. 슬기 너의 아빠는 돌아오실 거야. 내

가 약속할게."

유나 클라시스의 약속이었다.

김슬기는 그런 유나 클라시스의 약속이 참으로 든든했
다.

"저, 정말이지?"

유나 클라시스가 머리를 끄덕였다.

"그래. 약속한다고 했잖아."

유나 클라시스도 조금 이상하다고 생각은 했었다.

그래서 김찬호가 타고 있던 차량에 '마나의 끈'이라는 마
법을 걸어놓은 상태였다.

그것은 언제든 차량의 위치를 추적할 수 있는 마법이었
다.

드래곤인 그녀에게는 인간 마법사들이 사용하는 패밀리
어와 같은 생물을 이용한 추적보다는 자신의 마나와 일체
화 되어 있는 마법이 훨씬 유용했다.

마나의 끈이라는 마법은 하루가 지나면 자연적으로 소멸
되어 버린다.

때문에 굳이 해제를 하거나 마나를 회수할 필요도 없었
다.

유나 클라시스가 김슬기를 보며 입을 열었다.

"잠시 나갔다가 올게. 친구들이랑 함께 놀고 있어. 너무
걱정하지 말고."

김슬기가 눈을 크게 뜨면서 유나 클라시스를 바라보았다.

　"아빠를 찾으러 가는 거니? 그럴 거면 나도 같이 데려가줘."

　유나 클라시스가 대답 대신 머리를 흔들었다.

　"그건 안 돼. 그냥 친구들이랑 여기서 놀고 있어. 빨리 돌아올 거야."

　유나 클라시스의 단호한 표정을 본 김슬기가 그녀의 손을 꼭 잡았다.

　"…그럼 따라가지 않을게. 대신… 우리 아빠 꼭 데려와줘."

　"응."

　말을 마친 유나 클라시스가 주방 쪽을 보며 입을 열었다.

　"할머니, 언니. 나 학교에 뭘 빠트리고 왔어요. 잠시 나갔다가 올게요."

　그녀는 서영옥 여사와 김지아의 대답도 듣지 않고 재빨리 신발을 신고 현관을 나섰다.

　이소영을 안고 수다를 떨고 있던 여학생들이 그제야 유나 클라시스를 향해 고개를 돌렸다.

　"유나가 학교에 뭘 빠트리고 왔다고?"

　"뭐야? 유나가 다시 학교에 돌아간다고?"

　저택에서 학교까지는 걸어서 한 시간이 넘는 거리였다.

차를 타고 가도 금방 다녀올 거리는 아니었다.

그 먼 거리를 다시 돌아간다는 것이 이해가 되지 않았다.

손지혜가 거실의 입구 쪽에 서 있는 김슬기를 보며 물었다.

"슬기야. 유나가 학교에 다시 돌아가는 거니?"

김슬기가 살짝 당황하다 머리를 끄덕였다.

"응. 신경 쓰지 말고 여기서 놀면서 기다려 달라고 하고 나갔어."

김슬기는 그녀가 자신의 아빠를 찾으러 나갔다고는 차마 말할 수가 없었다.

이소영과 다정하게 놀고 있던 여학생들의 얼굴이 살짝 굳어졌다.

그때 김지아가 쟁반에 가득 잘 손질한 과일을 가지고 거실로 나왔다.

"이거 먹으면서 소영이랑 놀고 있어. 유나는 금방 돌아올 거야."

유나 클라시스의 능력을 누구보다 잘 알고 있는 김지아였다.

그녀가 혼자 나갔다고 해도 전혀 걱정이 들지 않았다.

친구들은 서로 얼굴을 살피다가 이내 과일이 담긴 쟁반을 두고 둘러앉았다.

김슬기가 불안한 표정으로 현관문을 우두커니 바라보았
다.

눈앞에 아빠가 나타나지 않는 이상 불안한 마음은 여전
히 사라지지 않는 김슬기였다.

친구의 의미

"지금 뭐하자는 짓이냐?"

"조금만 참아."

"일이 있어서 멀리는 못 간다고 했잖아. 어딜 자꾸 가는
거야?"

김찬호가 운전을 하고 있는 최대성을 바라보며 굳은 표
정으로 입을 열었다.

뒷좌석에 타고 있는 세 명의 사내들을 힐끗 바라 보며 이
맛살을 찌푸렸다.

차가 골목길을 벗어나던 순간 자신의 전화기를 뒷좌석의
사내들이 뺏어버린 것이었다.

그들의 말로는 최대성의 볼일이 끝나면 돌려준다고 했다.

하지만 강제로 전화기를 뺏는 것에 살짝 겁을 먹은 김찬호였다.

사내들은 아예 전화기의 전원을 꺼버린 후 뒷좌석의 바닥에 던져 놓았다.

김찬호는 순순히 최대성의 차에 올라탄 것을 후회하고 있었다.

최대성이 입술을 비틀며 웃었다.

"좀 참아라. 10억에 가까운 네 돈을 돌려받는 일인데 조금을 못 참냐?"

차량은 올림픽 대로로 들어서서 빠르게 암사동 방향으로 달려 나가고 있었다.

조금만 더 지나면 서울을 빠져 나가게 될 것이다.

김찬호로서는 시간이 흐를수록 저택에서 멀어지는 것이 마음에 들지 않았다.

"차 세워. 나 내릴 테니까."

김찬호는 더 이상 최대성의 이해할 수 없는 행동에 동조하기 싫었다.

최대성이 운전을 하면서 힐끗 김찬호의 얼굴을 바라보았다.

"돈 돌려받기 싫으냐?"

김찬호가 어금니를 깨물었다.

"나한테 무슨 볼 일이 남아 있어서 찾아온 것인지 모르지만, 너 때문에 가게와 살고 있던 집까지 잃었어."

"그건 내가 미안하게 생각한다."

"나한테서 또 돈을 빼 내려는 생각이면 하지 않는 게 좋을 거다. 보다시피 남의 집 정원의 가지치기와 잔디를 다듬는 일이나 하며 살고 있는 거지니까. 네가 원하는 돈은 먹고 죽으려고 해도 한 푼도 없어."

김찬호는 최대성이 또다시 자신에게 사기를 치기 위해서 찾아온 것일 지도 모른다는 생각이 들었다.

최대성이 이를 드러내며 웃었다.

"하하, 나도 알아. 나한테 당한 것 때문에 돈 한 푼 없는 알거지가 되었다는 것 말이야."

김찬호의 어금니가 꾹 깨물어졌다.

"…그런데 나를 찾아온 이유가 뭐지?"

최대성이 싱긋 웃으며 대답했다.

"그건 좀 있다가 알게 될 거야."

최대성은 김찬호가 자신에 대한 적개심으로 가득하다는 사실을 알고 있었다.

아마도 자신이 요구하는 것에 절대 순순히 협조하지 않을 것임을 직감했다.

그렇다면 부탁하는 것 보다는 훨씬 효과가 빠른 다른 방법을 사용할 생각을 했다.

그가 생각해낸 방법은 협박이었다.

김찬호는 그런 최대성의 사악한 생각을 모르고 있었다.

하지만 지금의 이 상황은 빨리 벗어나고 싶었다.

최대성에게 사기를 당한 순간 이미 자신의 손에서 떠나 버린 돈이라고 포기했다.

지금은 돈을 받아내는 것보다는 저택으로 돌아가는 것이 우선이었다.

김찬호가 최대성을 바라보며 다시 입을 열었다.

"네가 가져간 돈은 돌려받지 않을 테니 여기서 내려 줘."

김찬호는 전화기까지 뺏어서 전원을 꺼버린 뒷좌석의 사 내들이 부담스러웠다.

그리고 어딘지 모르는 곳으로 자신을 데려가는 최대성의 의도가 불안하기만 했다.

최대성이 힐끗 김찬호를 바라보았다.

"자꾸 내려달라고 하는데 그러지 않는 게 좋을 거야. 뒤 에 타고 있는 사람들이 좀 무서운 사람들인데 저 사람들 성질 건드리지 말라는 뜻이야."

최대성은 사내들을 이용해서 김찬호에게 협박을 할 생각 이었다.

원하는 대답만 받아 낸다면 협박 따위는 아무것도 아니 었다.

최대성의 말에 김찬호가 어금니를 꽉 깨물었다.

사내들은 차에 타는 순간부터 태도가 돌변했다.

뭔가 잘못되었다고 생각했지만 이미 늦어버린 모양이었다.

부우우우우웅—

최대성의 승용차는 기어코 미사대교를 지나 한강을 건너고 있었다.

조수석에 앉은 김찬호의 얼굴 표정이 어둡게 변해가고 있었다.

달리는 차에서 뛰어 내릴 수도 있었다.

하지만 그럴 경우 자신이 무사할 수 있는 가능성은 적었다.

한편 차가 서울을 벗어나자 뒷좌석의 세 사내들이 서로 얼굴을 마주보며 이마를 찌푸렸다.

사내 한명이 옆 좌석의 사내에게 속삭이듯 말했다.

"야, 근데 이거 용배 형님께는 미리 말해 두어야 하는 거 아니야? 나중에 이 일을 알게 되면 우리 작살 날 수도 있어."

역전파 하부조직원 이대현이 굳은 얼굴로 김길수를 바라보며 속삭였다.

단골 술집인 해궁의 박용석 사장의 부탁으로 신우개발 최대성 사장이 의뢰한 일을 들어주었다.

하지만 그들의 생각보다 일이 커지는 것에 두려움을 느꼈던 것이었다.

단순하게 저택의 집사를 포섭하는 것이라고 생각했던 일이었다.

하지만 이제는 김찬호를 납치하는 상황으로 변하고 있었다.

더구나 이 일을 처리한 대가로 자신들이 받는 돈이 6천만 원 정도였다.

그 정도 돈이라면 조직에 알리지 않고 자신들이 차지해도 되는 돈이라 생각했다.

하지만 최대성과 김찬호의 대화를 통해 알게 된 상황은 자신들의 생각과 조금 달랐다.

일단 관련되어 있는 돈이 대략 9억이었다.

게다가 최대성이 갑자기 사람을 납치하며 일을 키우고 있었다.

만약 조직에서 이 일을 알게 되면 자신들도 무사하지는 못할 것이라 생각이 되었다.

김길수가 이마를 찌푸렸다.

"시X, 일이 이상하게 되어가고 있어."

창가 쪽에 앉아 있던 조한구도 굳은 표정으로 입을 열었다.

"조직 몰래 우리끼리 일을 진행하고 있다는 것을 알게 된다면 귀껌 큰형님이 가만 두지 않을 거야."

이대현이 딱딱한 표정으로 물었다.

"어떻게 해야 하지? 용배 형님이 이 일을 알게 되면 귀껌 형님 귀에 들어가는 것은 시간문제야. 안 그래도 요즘 조직 기강이 어떠니 하면서 말이 많은데……."

두목인 최민식이 크게 다쳐 병원에 입원하고 난 이후 영등포 역전파의 위세는 많이 죽어 있었다.

그 때문에 조직의 기강이 무너졌다는 말이 내부에서 돌고 있는 상황이었다.

신중한 성격의 김길수가 어금니를 깨물었다.

"시X, 상황이 이렇게 될 줄은 몰랐는데 지금이라도 용배 형님한테 보고하자. 돈 6천만 원 때문에 죽을 수는 없잖아."

김길수는 자신들이 생각한 것보다 일이 커지는 것에 상당한 부담감을 느꼈다.

결국 모든 것을 조직에 보고하기로 결정한 것이었다.

세 사내의 머리가 천천히 끄덕여졌다.

윗선에 보고하기로 결정을 내리자 김길수가 앞쪽에서 운전을 하고 있는 최대성을 보며 입을 열었다.

"최 사장님."

최대성이 룸미러를 통해 뒷좌석의 김길수를 바라보았다.

"왜?"

최대성도 세 사내들이 조용히 대화를 나눈 사실을 알고 있었다.

"이번 일 아무래도 위에 형님들한테 보고해야 할 것 같습니다."

"형님들에게 보고를 해야 한다고?"

최대성은 뜻밖의 김길수 말에 살짝 당황한 얼굴이었다.

김길수가 힐끗 김찬호를 바라보며 입을 열었다.

"우리는 단순하게 이 사람을 포섭만 하면 되는 일이라고 생각했는데 아무래도 생각보다 일이 커질 것 같아 보고를 하는 것이 좋겠습니다. 일이 잘못되면 우리가 작살나게 됩니다."

김길수의 말을 들은 최대성의 이마가 좁혀졌다.

그로서는 생각지도 않았던 또 다른 변수였다.

최대성이 물었다.

"보고를 하게 되면 어떻게 되지?"

김길수가 대답했다.

"형님들이 이 일이 끼어들게 되겠지요. 우린 단순한 작업이라고 생각했는데… 이 사람을 납치까지 하게 되면 문제가 커집니다. 그건 우리도 감당하기 힘듭니다."

김길수의 말을 들은 김찬호의 얼굴도 딱딱하게 굳어졌다.

자신이 돈을 돌려주겠다는 최대성의 말에 속아 어디론가 납치되고 있다는 것은 느꼈다.

하지만 정작 납치에 동조를 하고 있는 사내들도 납치 상황은 모르고 있었던 모양이라고 생각했다.

최대성이 이를 악물었다.

김찬호가 쉽게 협조하지 않을 것 같아 협박을 하려고 차에 태운 것뿐이었다.

덕분에 상황이 묘하게 흘러가고 있었다.

최대성이 룸미러로 김길수를 보며 입을 열었다.

"잠시만 기다려. 보고는 이따가 해도 되니까."

최대성이 옆자리의 김찬호를 힐끔 바라보았다.

김찬호는 얼굴이 딱딱하게 굳은 채 정면만 바라보고 있을 뿐이었다.

최대성이 입을 열었다.

"내가 지금 너를 데려가는 곳은 가평의 안골이라는 곳이야. 그곳에 내 별장이 있어."

김찬호가 대답했다.

"알고 싶지 않아."

김찬호의 대답을 들은 최대성이 이를 악 물고 다시 입을 열었다.

"찬호 네가 내 부탁을 들어준다면 여기서 차를 돌려 다시 서울로 돌아간다. 어때?"

김찬호가 머리를 흔들었다.

"네가 무슨 부탁을 하든지 나랑 상관없어. 그리고 이 시간부터 너는 내 친구가 아니다. 아니, 그날 나를 속인 그때부터 너는 내 친구가 아니었지만."

최대성이 피식 웃었다.

"홋. 친구라는 것이 뭔데? 그거 아무 것에도 쓸모없는 거야. 세상에 태어날 때 각자가 알아서 살아가는 거지. 서로의 존재조차 모르고 살다가 인연이 생겨 얼렁뚱땅 맺어지는 것이 그 친구라는 관계야."

"너⋯⋯."

"남녀관계는 그나마 살을 붙이고 살면서 미운 정이니 고운 정이니 하는 것도 생기지만 친구라는 것은 돌아서면 아무것도 아닌 관계라는 말이야."

최대성이 묘한 미소를 머금고 김찬호를 바라보았다.

그리고 다시 입을 열었다.

"근데 난 네가 아직 나를 친구라고 생각하고 있을지는 몰랐다."

"⋯⋯."

김찬호는 아무 말도 하지 않았다.

자신의 돈을 사기를 치고 달아났을 때부터 최대성의 친구에 관한 관념이 쓰레기라는 것은 알았다.

하지만 이정도로 쓰레기라는 생각은 들지 않았다.

최대성이 운전을 하며 입을 열었다.

"약속한대로 내가 너에게서 가져간 돈 8억 9천만 원, 아니 9억 원을 너에게 돌려주지. 대신 네가 해 줘야 하는 것이 있어."

최대성의 말에 김찬호는 대꾸 하고 싶은 생각이 들지 않았다.

하지만 최대성은 김찬호를 힐끔 다시 바라보며 입을 열었다.

"너도 들었겠지만 뒷좌석의 저 친구들이 이번 일을 위의 형님들께 보고를 해야 하는 상황이 되면 너한테 줄 돈이 그 형님들이라는 사람들에게 갈 수도 있어."

"……."

"어떠냐? 나한테서 돈을 고스란히 돌려받는 대가로 내 부탁만 들어준다면 너도, 나도, 뒤에 저 친구들도 좋은 일로 마무리가 된다는 말이다."

김찬호의 입에서 낮은 목소리가 흘러나왔다.

"한때나마 너 같은 놈을 친구로 생각했던 내가 참 아둔하고 멍청했다는 생각이 들어."

김찬호는 싸늘한 얼굴로 말을 이었다.

"어떤 친구는 학창 시절 입었던 작은 은혜를 갚기 위해 평생을 친구를 찾아다니는데, 너란 놈은 자신의 그 사악한 욕심을 채우기 위해 친구를 속이는구나. 넌 천하의 나쁜 놈이다. 최대성."

 학창 시절부터 조선 선비라는 별명을 가지고 살았던 김
찬호였다.

 살아오면서 누군가를 속여본 적도 없었고, 가난하고 힘
든 친구가 있다면 자신이 가진 것을 나눠주며 살아온 사람
이 바로 김찬호였다.

 그런 그조차 진심으로 최대성을 나쁜 인간이라고 느꼈
다.

 최대성이 운전하는 차는 이제 국도로 접어들고 있었다.

 운전을 하는 최대성이 이마를 찌푸리며 입을 열었다.

 "날 어떻게 생각해도 좋지만 뒤에 타고 있는 친구들이 보
고하기 전에 네가 결정을 해. 저 친구들이 보고를 하게 되
면 나도 내 목적을 이루기 위해서 그 형님이라는 사람들과
손을 잡을 수밖에 없어."

 김찬호가 최대성을 돌아보며 물었다.

 "도대체 나한테 부탁을 한다는 게 뭐냐?"

 김찬호는 최대성이 자신에게 무엇을 원하는지 궁금했
다.

 최대성이 싱긋 웃었다.

 "한 가지 증언만 하면 된다. 그리고 아이를 잠시만 데리
고 나오면 되는 일이야. 쉽지?"

 김찬호의 이마가 찌푸려졌다.

"증언? 아이?"

김찬호는 최대성이 무슨 말을 하는 것인지 이해가 되지 않았다.

최대성이 앞을 바라보며 입을 열었다.

"네가 일하는 그 저택이 백룡그룹 이강현 회장의 저택이라는 것을 나도 알고 있어. 그리고 이강현 회장의 어린 딸도 함께 살고 있고."

최대성의 말에 김찬호의 얼굴이 하얗게 변하며 천천히 굳어졌다.

"찬호 네가 해야 할 일은 이강현 회장과 그 식구들이 어린 딸을 학대하고 있다는 증언을 한번만 해 주면 되는 일이야."

"뭐?"

"물론 혹시 법정에 서게 되면 그때도 같은 증언을 해줘야 해. 그리고 이강현 회장의 딸을 저택 밖으로 한번만 데리고 나오면 된다. 바로 돌려보낼 테니 납치 같은 것을 할 것이라는 걱정은 할 필요도 없어."

김찬호가 치켜뜬 눈으로 최대성을 바라보았다.

"어, 어떻게… 너 같은 놈이……."

김찬호는 당장이라도 그의 얼굴을 후려치고 싶은 심정이었다.

최대성이 싱긋 웃었다.

"단순한 그 증언과 아이를 몰래 잠시만 데리고 나와 주기만 하면 잃었던 돈을 모두 찾을 수 있어. 아니, 아예 10억 원을 꽉 채워서 줄 수 있어. 어때? 어렵지 않지?"

김찬호가 하얗게 질린 얼굴로 입을 열었다.

"내가 그 일을 할 것 같으냐? 이 미친 자식아!"

김찬호는 자신의 목에 칼이 들어와도 그런 일은 절대로 할 수가 없다고 생각했다.

그에게 이강현 회장은 삶의 은인이었다.

그런 이강현 회장이 이소영을 얼마나 끔찍하게 생각하고 있는 것인지 너무나 잘 알고 있었다.

그런 짓은 절대로 할 수 없었다.

최대성이 혀를 찼다.

"사람을 해치는 것도 아니고 물건을 훔치는 일도 아니다. 그저 증언 하나만 해주면 되는 일이야. 그것 하나면 찬호 네가 잃었던 모든 것을 도로 되찾을 수 있다는데도 거절한다는 말이냐?"

김찬호가 서늘한 시선으로 최대성을 바라보았다.

"차라리 날 죽이는 것이 좋을 거다. 내 입에서 절대로 그런 말이 나오지는 않을 테니까."

김찬호의 눈에 태어난 이후 처음으로 지독한 원망이 피어올랐다.

그의 눈은 살의까지 느껴질 정도로 섬뜩하게 빛났다.

최대성의 이마가 찌푸려졌다.

"쉬운 선택을 두고 어려운 선택을 하려고 하는군."

혀를 찬 최대성이 살짝 아쉬워하는 표정을 지었다.

최대성이 룸미러로 뒷좌석의 김길수를 보며 입을 열었다.

"형님들이라는 사람들에게 보고를 하지 않고 이 일을 처리하는 것은 이제 힘들겠지?"

김길수가 대답했다.

"두 사람 대화를 들어보니 형님들이 있어야 할 것 같은데요. 적어도 우리만으로는 저 양반에게 먹힐 것 같지는 않으니까 말입니다. 그렇다고 여기서 저 양반을 죽일 수도 없지 않습니까?"

김길수의 눈이 이를 악물고 앉아 있는 김찬호의 얼굴을 살폈다.

김찬호는 차라리 죽겠다는 표정이었다.

최대성이 할 수 없다는 듯이 머리를 끄덕였다.

"생각보다 일이 커지긴 했지만 어쩔 수 없는 일이지. 보고 하게. 별장 주소는 여기야."

최대성이 팔걸이용 박스에서 명함 한 장을 꺼내어 김길수에게 넘겨주었다.

김길수가 명함을 받아들며 대답했다.

"알겠습니다."

이내 김길수가 전화기를 꺼내어 들고 어디론가 전화를 걸었다.

최대성이 이를 악물고 자신을 쏘아보고 있는 김찬호를 보며 입을 열었다.

"난 내 목적을 이루기 위해 무슨 일이든 할 생각이야. 찬호 네가 그 증언을 하게 만들고 아이를 잠시 데리고 나올 수 있게 모든 방법을 다 동원할 생각이란 말이지. 그게 어떤 방법이든 가리지 않을 것이고……."

말을 하는 와중에 최대성이 운전하는 차가 천천히 완만한 언덕을 올라가고 있었다.

언덕의 중간쯤에 이르자 넓은 잔디와 함께 낮은 울타리가 만들어진 2층짜리 전원주택이 모습을 드러냈다.

전원주택의 앞에 차를 멈춘 최대성이 히죽 웃었다.

"여기가 내 별장이야. 골치 아픈 일이 있을 때나 피곤한 날이면 여기 와서 잠시 쉬었다가 가곤 하지. 어때? 좋아 보여?"

말을 하는 최대성의 눈빛이 사악한 빛으로 번들거렸다.

최대성이 김찬호를 바라보며 입을 열었다.

"저 친구들이 형님이라는 사람들에게 보고를 한 이상 내가 더 이상 너에게 제안할 조건은 없어졌어. 넌 이 친구들이 어떤 사람인지 모르지?"

김찬호는 그들이 조직폭력배라고 짐작은 하고 있었다.

하지만 정확히는 알 수 없었다.

최대성이 피식 웃으며 말을 했다.

"하긴. 너같이 순박하기만 한 놈이 이런 세계에서 사는 사람들과 만날 일은 없었겠지. 내려라. 뭐 여기까지 데려온 이상 내키진 않지만 그 형님들이라는 사람들이 도착할 때까지 기다리도록 해. 술도 있으니까 술을 마셔도 괜찮을 거야."

최대성은 마치 선심이라도 쓰는 것처럼 김찬호에게 말했다.

김찬호는 자신도 모르게 손을 떨었다.

평생 욕 한번 해보지 않았던 김찬호였다.

하지만 지금 할 수만 있다면 주먹으로 얼굴을 부숴놓고 싶을 정도로 최대성이 미웠다.

최대성이 차에서 내리기 위해 문을 여는 순간 김길수가 입을 열었다.

"형님들에게 보고를 했습니다. 별장 주소를 보냈으니 한 시간 내에 도착하실 겁니다."

김길수는 지금까지 일어났던 일을 형님들에게 설명하고 별장의 주소까지 친절하게 문자로 보냈다.

영등포 역전파로서는 생각지도 않았던 호재였다.

그래서 곧장 별장으로 출발한다는 연락이 왔다.

작은 돈도 아니고 거의 10억에 가까운 돈이었다.

근래에 들어 두목인 최민식과 간부들이 다치면서 조직의 수입도 확연히 줄어들었다.

그런데 10억이 걸린 일이 있다는 이야기는 역전파에게는 가뭄에 단비와 같은 소식이었다.

김길수의 말을 들은 최대성이 머리를 끄덕였다.

"생각보다는 돈의 지출이 많아지게 되었지만 어쩔 수 없는 일이지."

최대성이 조수석에 굳은 얼굴로 앉아 있는 김찬호를 보며 다시 입을 열었다.

"내리치 않고 뭐해? 계속 거기 앉아 있을 셈이냐?"

최대성의 말에도 김찬호가 움직이지 않자 최대성이 뒤쪽을 바라보며 눈살을 찌푸린 채 턱을 들어올렸다.

강제로 김찬호를 차에서 내리게 만들라는 신호였다.

뒷좌석의 사내들로서는 잔금으로 받아야 할 돈 5,000만 원이 한순간 사라졌다.

하지만 선금으로 1,000만 원을 받은 상태였다.

그래서 그의 지시를 순순히 따랐다.

김길수가 조수석의 문을 열고 김찬호의 팔을 잡았다.

"내리슈. 진즉 최 사장님과 합의를 했으면 이런 일도 없었을 것을……."

말을 하는 김길수의 얼굴에도 살짝 아쉬워하는 표정이 떠올라 있었다.

김찬호가 순순히 따라주었더라면 5천만 원이 들어오는 일이었다.

그런데 김찬호가 거절하면서 5천만 원이 날아간 사실이 너무 아쉬웠다.

잔금을 받으면 중고차 시장에서 보았던 붉은색 스포츠카를 사려고 했었다.

지금도 스포츠카의 그 요염한 모습이 지워지지 않았다.

* * *

—오빠, 뭐해?

유나 클라시스는 자신 혼자 김찬호를 찾으려다 이강현에게 연락을 했다.

며칠 전 홍대 카페에서 일어난 일로 이강현이 당부했던 말을 떠올린 것이었다.

그래서 김찬호를 찾아가기 전에 이강현에게 먼저 연락을 했다.

유나 클라시스의 머릿속으로 이강현의 목소리가 들려왔다.

—회사에서 일하는 중이야. 왜? 무슨 일이 있니?

내일 오전에 박동현 사장과 대전으로 내려가 최종학 총리를 다시 만날 준비를 하는 중이었다.

국방 과학소 연구원들과 백룡정밀에 합병된 부영에이스 정밀출신의 연구원들과 회의에 사용될 자료를 준비하는 일이었다.

유나 클라시스가 저택의 골목길을 걸어 나오며 다시 통신을 했다.

―슬기아빠가 사라지셨어.

―그게 무슨 소리야?

―학교에서 돌아오는 길에 까만색 차를 타고 가는 것을 보았는데, 그 이후 연락이 끊어졌어. 나 혼자 찾을 수 있는데 전에 오빠가 혼자 해결하려고 하지 말고 연락하라고 했잖아. 그래서 연락한 거야.

이강현은 유나 클라시스와 김지아에게 아무리 사소한 일이라고 해도 절대로 둘이서 해결할 생각을 하지마라고 했었다.

일이 생기면 반드시 자신에게 연락하라고 당부해 놓은 것이다.

이강현의 빠른 대답이 들려왔다.

―김 집사님이 사라졌다고?

유나 클라시스가 머리를 끄덕였다.

―응. 슬기 엄마가 계속 연락을 하는데도 연락이 안 된다고 했어. 그리고 어제도 집 앞에서 누군가 슬기 아빠를 피해 막 달아나던 것 같았는데, 아무래도 그쪽과 연관이 되

어 있는 것 같아.

유나 클라시스의 말에 이강현의 대답이 잠시 멈췄다.

하지만 이내 이강현의 목소리가 다시 들려왔다.

—김 집사님을 찾을 수는 있겠니?

유나 클라시스가 머리를 끄덕이며 대답했다.

—응, 아까 슬기 아빠가 타고 있는 차에 마나를 걸어놓았으니까 마나의 흔적만 따라가면 쉽게 찾을 수 있을 거야. 오빠가 바쁘면 나 혼자 가도 되니까 바쁘면 안와도 돼.

유나 클라시스의 말이 끝나기도 전에 이강현의 목소리가 들려왔다.

—그건 안 돼. 오빠 사무실에 아무도 없으니까 지금 바로 오빠 사무실로 와. 드래곤 하트에 비천단공을 발현시킬 테니 바로 와.

드래곤 하트에 비천단공을 결합할 경우 이강현의 위치는 단번에 유나 클라시스가 알 수가 있었다.

두바이의 사렌 섬에서도 이강현의 드래곤 하트 반응을 느끼고 단번에 찾아온 유나 클라시스였다.

같은 서울에 위치한 이강현의 사무실을 찾는 것은 그리 어렵지 않은 일이었다.

유나 클라시스가 대답했다.

—알았어. 지금 갈게.

유나 클라시스의 말이 끝남과 동시에 주변을 살짝 살폈다.

그리고 순식간에 그녀의 모습이 흐릿하게 변하면서 사라졌다.

유나 클라시스와 통신을 끝낸 이강현이 곧바로 인터폰을 눌렀다.

삐익—

인터폰이 울림과 동시에 이강현의 비서실장인 백여화의 목소리가 들려왔다.

—네, 회장님.

"남 비서에게 차를 준비하라고 해 주세요. 급한 일로 외출할 겁니다."

이제는 이강현이 어디를 가든 반드시 수행하는 남현일이었다.

백여화의 대답이 들려왔다.

—알겠습니다.

말이 끝나는 순간 이강현의 사무실 한쪽에 투명한 무늬가 일렁였다.

마치 장막을 걷어내듯 투명한 막을 통해 유나 클라시스가 걸어 나왔다.

이강현에게는 너무나 익숙한 광경이었다.

하지만 만약 다른 사람들이 보았다면 귀신이 나타났다고 혼비백산을 할 일이 벌어졌을 것이다.

이강현은 유나 클라시스가 아직도 교복 차림이라는 것을

보고는 조금 놀란 표정을 지었다.

"교복을 갈아입지도 못한 거냐?"

유나 클라시스가 생긋 웃었다.

"오늘 처음 치르는 시험이 끝나서 친구들을 집으로 초대했는데, 마침 슬기 아빠가 연락이 안 된다고 해서 바로 집에서 나온 거야."

이강현이 살짝 안쓰러운 표정을 지었다.

"나와 함께 운명이 엮여진 것으로 인해 너도 참 쉴 틈이 없게 사는구나."

유나 클라시스가 웃었다.

"난 재밌어."

이강현이 물었다.

"그 마나의 흔적이라는 것을 쉽게 찾을 수 있겠니?"

유나 클라시스가 대답했다.

"내 본래의 기운이 바로 마나야. 나한테는 손바닥 뒤집는 것 보다 쉬운 일이야. 마나의 흔적이 동쪽으로 향해 이어져 있어. 제법 먼 곳까지 이어진 것 같은데……."

"그래?"

이강현의 입이 꾹 다물려 졌다.

저택의 일이라면 자신의 일처럼 몸을 사리지 않던 김찬호였다.

그런 그가 갑자기 연락이 두절되었다면 그에게 무슨 일

이 생겼을 가능성이 컸다.

그때 인터폰이 울렸다.

삐익—

—회장님, 남 비서와 차량 준비되어 있습니다.

이강현이 인터폰의 키를 누르며 대답했다.

"알았습니다."

짧게 대답한 후에 이강현이 유나 클라시스를 돌아보았다.

"김 집사님을 찾으러 가자."

"응."

이내 두 사람이 회장실의 문을 열고 나섰다.

백여화 비서실장이 회장실의 문이 열리자 이강현의 외출을 배웅하려 자리에서 일어나려다 놀란 눈을 크게 떴다.

"어?"

백여화 비서실장은 회장실 내에 이강현 회장만 업무를 보고 있는 것으로 생각하고 있었다.

그런데 이강현의 옆에 유나 클라시스도 함께였다.

백여화 비서실장이 놀란 듯 눈을 껌벅이며 유나 클라시스를 바라보았다.

"아, 아가씨 언제 오셨어요?"

유나 클라시스가 생긋 웃었다.

"조금 전에요."

"네?"

백여화 비서실장은 유나 클라시스의 말을 도무지 이해하지 못하고 있었다.

분명 자신이 입구를 지키고 있었는데 누가 들어가는 모습은 보지 못했다.

이강현이 쓰게 웃으며 입을 열었다.

"너무 놀랄 필요 없어요. 유나가 내 사무실에 몰래 들어오는 일은 앞으로 종종 벌어질 테니까."

하지만 백여화 비서실장의 얼굴에는 어리둥절해 하는 표정이 지워지지 않았다.

이강현이 백여화 비서실장을 보며 입을 열었다.

"외출하면 바로 퇴근할 것이니까 백 실장도 기다리지 말고 정시에 퇴근해요."

"네. 회장님."

"아. 퇴근하기 전에 박동현 사장님께 연락해서 내일 가져갈 자료 챙기는 것 다시 한번 당부하고, 백마의 남 부장에게 연락해서 자동차의 근황을 파악해 놓으세요. 보고는 내일 아침에 출근해서 듣겠습니다."

백여화 비서실장은 유나 클라시스의 등장에 여전히 어리둥절해했다.

그래서 이런저런 임무를 주어 그녀의 신경을 다른 곳으로 돌렸다.

"아, 알겠습니다."

백여화 비서실장이 황급히 대답했다.

이내 이강현과 유나 클라시스가 회장실을 떠났다.

백여화 비서실장은 잠시 어리둥절한 표정이었지만 이내 이강현이 지시한 업무를 시작했다.

중요한 업무였기에 그녀의 머릿속에서 유나 클라시스의 일은 금세 지워졌다.

* * *

부우우웅—

경기도 가평의 안골 별장촌으로 두 대의 승용차가 들어섰다.

안골 별장촌은 주로 재력가들이 노후를 즐기기 위해 전원주택과 별장을 짓기 시작하면서 형성된 마을이었다.

약간 경사진 도로다보니 들어서던 차량의 속도가 줄어들었다.

하얀색의 국산 대형 승용차와 쥐색의 소형 외제차였다.

국산 대형 승용차에는 4명의 건장한 남자가 타고 있었고, 뒤쪽의 소형 외제차에는 3명의 사내가 타고 있었다.

소형 승용차는 앞 차와 약간의 거리를 두고 따르는 중이었다.

선두에서 움직이던 차량은 사람이 걷는 정도의 속도로 천천히 움직였다.

마치 주변을 관찰하는 듯한 속도였다.

승용차를 운전하던 사내가 힐끗 네비게이션을 살피며 입을 열었다.

"이곳 근방인 것 같습니다, 형님."

운전을 하는 사내는 30대 후반으로 보이는 날카로운 인상의 사내였다.

뒷좌석에 앉은 약간 비대한 체격의 사내가 머리를 끄덕였다.

머리를 끄덕인 사내는 옆에 앉은 사내를 보며 입을 열었다.

"정태 너가 길수한테 전화 한번 해 봐. 도착했으니까 당장 튀어나오라고 해."

"예, 형님."

정태라는 사내가 두려운지 냉큼 대답했다.

비대한 체격의 사내가 입술을 비틀며 웃었다.

"흥, 요즘 큰형님이나 귀껌 형님이 별로 잔소리를 안 하니까 길수 같은 애송이 새끼들도 간덩어리가 부어 딴 주머니를 차려고 하는 거다. 시X놈."

"나중에 따로 교육을 시키겠습니다."

"들통 나면 형님들한테 뒈질 걸 알면서도 보고도 하지 않고 그런 수작을 부리다니 간덩이가 부은 건지 미친 건지…
흐흐."

정태라 불린 사내가 입을 열었다.

"그래도 길수 새끼가 늦게나마 용배 형님께 보고를 했다는 게 다행입니다."

김정태의 말에 비대한 체격의 사내가 김정태를 노려보았다.

"새끼야. 그런 일은 진즉에 먼저 보고를 해야지. 몰래 자기 주머니 챙기려다 일이 커지니까 보고를 한 거 아니냐?"

"그런 것 같습니다."

"용배 그 새끼도 똘마니 관리를 하지 않으니까 길수 같은 새끼가 지금까지 무슨 짓을 하고 돌아다니는지 눈치도 못 챘잖아. 이 새끼를 그냥 콱!"

사내가 한 대 쥐어박으려는 듯 주먹을 들어 올리며 노려보자 김정태가 몸을 움찔 움츠렸다.

짜증이 나거나 화가 나면 손찌검부터 날아오는 것을 알고 있었다.

괜히 김길수를 두둔했다가 자신이 한 대 맞을 수도 있었다.

비대한 체격의 사내는 영등포 역전파 중간 보스인 조춘배였다.

조춘배에게 가장 무서운 사람은 조직의 큰형님이자 두목

인 불독 최민식과 행동대장인 귀껌 차영호였다.

근래 들어 조직의 사정이 좋지 않아, 예전에 종종 부하들에게 술값으로 나눠주던 것조차 없어졌다.

그 때문에 김길수 같은 말단 조직원이 딴 주머니를 차려고 한 것이라는 생각이 들었다.

그래서 더더욱 괘씸하다는 생각을 떨칠 수가 없었다.

요즘같이 조직의 사정이 좋지 않은 상황에서 10억 원이라는 거금이 걸린 일이었으니.

보고를 받은 나용배는 곧장 조춘배에게 보고했다.

그리고 조춘배는 만사를 제쳐두고 달려온 것이다.

조춘배의 윽박질에 김길수에게 전화를 하던 김정태가 눈을 껌벅였다.

한두 번의 발신음에 김길수가 전화를 받았기 때문이다.

아마 전화를 기다리고 있었던 것 같았다.

김정태의 귀로 김길수의 목소리가 들려왔다.

—예, 길숩니다. 정태 형님.

김정태가 조춘배의 눈치를 살피며 입을 열었다.

"영호 형님과 춘배 형님 모시고 도착했다. 너 어디냐?"

네비게이션에서 안내하는 대로 오기는 했다.

하지만 정확한 위치를 가늠하기 어려웠다.

김정태의 귀로 김길수의 다급한 목소리가 들려왔다.

—아, 지금 나가겠습니다!

"빨리 나와."

—예!

김길수가 허둥대는 것이 느껴졌다.

다른 사람도 아닌 조직의 큰형님 뻘인 영호 형님과 춘배 형님이 왔다고 하니 말단인 김길수도 당황할 수밖에 없었다.

뚱한 표정으로 앞을 바라보고 있던 조춘배가 조용히 입을 열었다.

"귀껌 형님이 타고 계시는 차는 잘 따라오고 있냐?"

운전을 하던 사내가 사이드 미러를 보며 대답했다.

"예, 잘 따라 오고 있습니다."

"천천히 가라. 요즘 귀껌 형님 예민한 것 너도 알지?"

요즘 들어 차영호는 말수가 줄어들었고, 술만 마시고 있었다.

그래서 조직원들이 무척 조심을 하는 중이었다.

운전을 하던 사내가 조심스럽게 대답했다.

"예."

그때 운전을 하던 사내가 앞쪽을 바라보며 눈을 치켜떴다.

"아, 저기 길수 놈이 나오네요. 대현이 새끼랑 한구 자식도 같이 나옵니다."

그들의 눈에 별장에서 황급히 도로로 달려 나오는 김길

수의 패거리들이 보였다.

뒷좌석의 조춘배가 굳은 얼굴로 머리를 끄덕였다.

"차 길 옆으로 대."

"예."

이내 승용차가 별장으로 앞쪽 공터에 세워진 검은 승용차 뒤쪽에 천천히 멈춰 섰다.

공터의 앞쪽에 우뚝 서 있는 건물은 아담했다.

주변에 세워진 다른 건물들과 비슷한 형태로 지어진 건물이었다.

뒤따라오던 쥐색의 외제차도 천천히 공터로 들어와 멈춰 섰다.

김정태가 재빨리 차에서 내려 뒷문을 잡고 한쪽으로 비켜섰다.

조춘배의 성격상 뒷문을 열어놓고 잡아주지 않으면 귓방망이 세례를 날릴 것이다.

눈치 빠른 김정태가 미리 문을 열고 대기한 것이다.

차에서 내린 조춘배가 멈춰선 쥐색의 외제차를 향해 걸음을 옮겼다.

이내 쥐색의 외제 승용차에서도 한 사람이 내려섰다.

차에서 내린 사내는 역전파의 2인자이자 행동대장이라고 할 수 있는 귀껌 차영호였다.

조춘배가 차영호에게 다가서면서 입을 열었다.

"이 집인 것 같습니다. 영호 형님."

차영호가 힐끔 별장을 올려다보았다.

별장을 잠시 살펴본 차영호가 주변을 돌아보았다.

"공기가 좋은 곳이네."

차영호는 주변의 풍광을 바라보며 한가하게 중얼거렸다.

그때 달려 나온 김길수와 이대현 그리고 조한구가 다급하게 달려왔다.

"오셨습니까? 형님."

"어서 오십시오. 형님."

그들은 깍듯하게 90도로 허리를 굽혀 인사를 했다.

하지만 그들의 얼굴 표정은 잔뜩 굳어 있었다.

조춘배가 힐끔 그들을 바라보았다.

"이 새끼들. 보고도 하지 않고 몰래 니들 주머니 챙기려다 일이 커지니까 용배 새끼에게 보고를 해? 너희들 이번 일 끝나고 보자."

이를 깨물고 이야기 하는 조춘배의 눈빛이 섬뜩했다.

김길수와 이대현 그리고 조한구의 얼굴 표정이 잔뜩 일그러졌다.

김길수가 허리를 숙이며 입을 열었다.

"용서해주십시오, 형님."

"잘못했습니다, 형님."

"용서해주십시오."

세 사내가 마치 울 것 같은 목소리로 용서를 구했다.

차영호와 함께 외제차를 타고 온 사내가 세 명의 사내를 바라보며 입을 열었다.

"진즉에 나한테는 먼저 보고를 했어야지 이 멍청한 새끼들아. 춘배 형님이 얼마나 화가 나셨으면 너희들을 따로 보자고 하겠냐? 엉?"

호통을 치는 사내는 김길수가 가장 먼저 보고를 한 나용배였다.

김길수를 포함한 세 명의 사내들에겐 직속 형님이 바로 나용배였다.

김길수와 두 사내가 허리를 숙였다.

"죄송합니다, 형님."

"용서해주십시오, 형님."

그들은 보고를 하면서도 나용배가 달려올 것이라 생각했다.

하지만 나용배보다 더 윗선인 조춘배와 조직의 2인자인 차영호가 직접 나타났다.

그래서인지 그들은 더욱 두려운 표정으로 고개를 숙였다.

조춘배는 덩치에 어울리지 않게 뼈다귀라는 별명을 가지고 있었다.

그의 손에 잡히면 뼈를 부러트린다고 해서 붙여진 별명이었다.

김길수들은 두려웠다.

하지만 늦게라도 보고를 한 것이 다행이라는 생각이 세 명의 사내들 머릿속을 가득 채웠다.

만약 더 늦게 발각 되었으면 자신들이 한적한 야산에 묻혀 버렸을지도 모를 일이었다.

그런 생각을 하니 등골이 오싹해지는 기분이었다.

나용배가 조춘배를 바라보며 입을 열었다.

"저 새끼들 제가 잘 타이르겠습니다. 춘배 형님. 그만 용서해주시지요."

노용배의 말에 조춘배가 혀를 찼다.

"그러니까 이 새끼야, 똘마니들한테 좀 신경을 쓰란 말이야. 니가 신경을 쓰지 않으니까 저런 새끼들도 딴 살림차리려고 꾀를 굴리는 것 아니야?"

조춘배가 못마땅한 얼굴로 나용배를 노려보았다.

나용배가 머리를 숙였다.

"죄송합니다, 형님."

그때였다.

한가한 표정을 주변의 풍경을 살피던 차영호가 나직한 목소리로 입을 열었다.

"그만해라. 늦게라도 보고를 했으니 다행이라고 생각해.

영배는 다음부터는 애들 관리 잘하고."

차영호의 말이었다.

차영호의 말에 조춘배와 나영배가 머리를 숙였다.

"예. 형님."

"알겠습니다, 형님."

다른 사람도 아닌 조직에서도 최고의 독종으로 알려진 차영호의 말이었다.

조춘배도 머리를 숙일 수밖에 없었다.

차영호의 말을 들은 김길수와 이대현, 조한구는 허리를 깊이 숙였다.

적어도 뼈다귀 조춘배에게 당하는 일은 면하게 된 것이었기 때문이었다.

차영호가 김길수를 보며 물었다.

"대충 영배를 통해 이야기는 들었는데 증언을 시켜야 하는데 말을 듣지 않는다고?"

잔뜩 주눅이 든 김길수가 대답했다.

"예, 형님. 이번 일을 부탁한 최 사장이란 사람의 친구입니다."

"친구라고?"

"예. 그런데 두 사람의 관계가 별로 좋은 것 같지가 않습니다. 그 사람 입을 통해 한 가지 증언만 해 주면 5억 원을 준다는 조건을 제시했는데 절대로 안한다고 합니다."

귀껌 차영호가 이마를 찌푸렸다.

"증언 한 마디만 하면 5억 원이라는 돈을 주는데 하지 않는다고?"

"예."

"그럼 10억 원은 뭐냐?"

차영호는 나영배를 통해 김길수들이 10억 원짜리 일을 물고 왔다고 했다.

근래 들어 조직 운영 상황이 급격하게 나빠져 있었다.

그래서 자금의 운용에 어려움이 있었던 것도 사실이었다.

더구나 지금까지 조직의 자금원이라고 할 수 있는 화진 캐피털에서도 자금의 융통이 쉽지 않았다.

화진 캐피털의 사장인 최동식이 병원에 입하면서 상황이 급격히 나빠진 것이 원인이었다.

그런 상황에서 10억 원이 걸려 있는 일이 생겼으니 그가 직접 나설 수밖에 없었다.

차영호의 물음에 김길수가 살짝 땀을 흘리며 입을 열었다.

"그게… 그 최 사장과 친구라는 사람에게 최 사장이 빚을 진 돈이 있는 것 같습니다."

"빚을 졌다?"

"예, 그게 8억 9천만 원 정도 된다고 하더군요. 그래서

264

최 사장이 증언을 해 준다면 그 돈을 돌려준다고 해서 돈이 불어나 그렇게 된 겁니다."

김길수의 말을 귀껌 차영호는 이해할 수가 없었다.

일의 전후를 모르고 대뜸 돈의 액수 이야기만 하게 되니 이해가 되지 않았다.

그때였다.

"허허, 이거 멀리서 오셨는데 인사도 드리지 못해 죄송합니다."

별장에서 나온 최대성이 웃음을 입가에 가득 머금고 내려오고 있었다.

모두의 시선이 최대성에게 향했다.

차영호의 눈이 번득였다.

김길수가 재빨리 입을 열었다.

"저 사람이 이번 일을 의뢰한 신우개발의 사장 최대성이라는 사람입니다."

"그래?"

차영호가 물끄러미 최대성을 바라보았다.

최대성이 웃으면서 차영호와 조춘배를 비롯한 역전파 패거리들을 향해 다가왔다.

최대성이 미소를 머금고는 역전파 일행을 살폈다.

그리고 가장 덩치가 큰 조춘배를 향해 입을 열었다.

"하하! 어서 오십시오. 최대성이라고 합니다. 큰형님이라는 분이시죠?"

한눈에 보아도 위압적인 모습의 조춘배가 김길수들이 말한 큰형님이라고 생각한 것이다.

조춘배가 이마를 찌푸렸다.

"내가 아니라 이쪽이 큰형님이요."

조춘배가 재빨리 차영호를 가리켰다.

순간 최대성의 얼굴이 살짝 굳어졌다.

평범해 보이는 체격, 아니 어떻게 보면 조금 왜소해 보일 수도 있는 차영호가 큰형님이라는 것에 살짝 당황했다.

하지만 이내 최대성이 빠르게 차영호에게 인사를 했다.

"몰라봐서 죄송합니다. 최대성입니다."

차영호가 머리를 끄덕였다.

"차영호요."

"하하, 저 친구들의 말을 듣고 무서운 분이라고 생각했는데 이렇게 뵈니 그렇지도 않은 것 같군요."

최대성은 차영호의 외모가 그리 무섭지 않다고 생각했다.

그래서 오히려 당황스러웠다.

차영호가 입술을 살짝 비틀었다.

최대성 같은 약삭빠른 인간을 잘 알고 있었다.

한번 겁을 먹으면 살아남기 위해 수단과 방법을 가리지 않는 인간의 유형이었다.

차영호가 물었다.

"그 친구라는 분은 안에 있습니까?"

최대성이 머리를 끄덕이며 웃었다.

"예, 안에 있습니다. 달아날 리는 없지만 혹시 몰라서 별
장 안에 있는 노래방에 가둬놓았지요."

최대성은 김찬호가 달아날지도 몰라 그를 별장의 노래방
속에 밀어 넣고 문을 잠가버렸다.

김찬호는 달아날 생각도 없었다.

하지만 최대성이 요구한 것을 받아들이고 싶지도 않았
다.

또한 최대성과 싸우고 싶은 생각도 없었다.

평생 싸움을 해 본 적이 없는 김찬호였다.

그래서 그는 최대성과 싸울 생각도 하지 못하고 있었던
것이다.

최대성의 말에 차영호가 눈을 껌벅이며 물었다.

"그 사람의 입으로 증언 한 마디만 해주면 되는 거요?"

최대성이 머리를 끄덕였다.

"물론입니다. 수단과 방법은 전혀 신경 쓰지 않아도 좋
습니다. 어떻게든 그 친구의 입에서 제가 요구하는 증언만
해 주겠다는 약속을 받아내면 됩니다."

차영호가 물었다.

"그 증언을 해줄 사람과는 친구 사이라고 들었는데 친구

가 요구하는 것을 거절한다는 말입니까?"

최대성이 피식 웃었다.

"뭐 친구라고 해 보았자 그렇게 가까운 친구 사이도 아니고 서로 목적이 다르면 친구 관계라는 것도 그렇게 도움이 되지도 않지요. 일이라는 것이 그렇지 않습니까?"

"뭐… 그럴지도."

"나한테 도움이 되는 사람이라면 언제든 친구가 될 수도 있지만 도움이 안 된다면 친구라는 것도 불편한 관계가 되는 거지요. 하하."

야비해 보이는 웃음을 머금고 있는 최대성의 모습에 차영호가 실소를 머금었다.

이런 식으로 친구를 생각하는 인간은 언제라도 믿는 사람의 등을 찌를 수 있는 가장 위험한 사람이었다.

차영호가 다시 물었다.

"그 친구라는 사람에게 어떤 증언을 원하는 것입니까?"

최대성이 싱긋 웃으면서 대답했다.

"그것은 천천히 설명을 드리지요. 일단 안에 들어가셔서 차라도 마시면서 이야기 하지요."

"그러지요."

"들어가서 시원한 맥주라도 한 잔 하시지요. 별장의 바깥 풍경을 보면서 맥주 한 잔 마시는 게 일품입니다."

최대성의 말에 잠시 눈을 깜박이던 차영호가 머리를 끄

덕였다.

"뭐, 그럽시다."

이내 일행들이 별장으로 걸음을 옮겼다.

하지만 차영호는 최대성과 같은 인간과는 서로 신뢰를 쌓을 수 없다는 것을 잘 알고 있었다.

그런 부류의 인간과는 깊은 관계를 맺어서는 안 된다고 믿었다.

이런 유형의 인간들은 너무 쉽게 배신한다.

조직에서 제일 싫어하는 유형이 바로 최대성과 같은 유형이었다.

하지만 그런 생각을 굳이 드러내지는 않았다.

지금은 10억 원이라는 돈이 중요했다.

안내를 받으며 별장으로 향하는 차영호가 힐끔 뒤를 돌아보았다.

최대성의 말대로 이곳의 풍경은 제법 아름답다는 느낌이 들었다.

해가 쨍쨍하게 남아 있는 오후의 푸른 하늘이 녹림으로 우거진 푸른 산을 품듯이 안고 있는 아름다운 풍경이 보였다.

차영호는 절로 시원한 맥주 한 잔이 그리워졌다.

하지만 이곳에서 일을 빨리 마무리하고 돈을 챙겨 서울로 돌아가고 싶었다.

차영호는 곧장 최대성의 뒤를 따라 별장으로 들어갔다.

그렇게 역전파 패거리 일행들이 별장의 입구를 가득 채우며 들어섰다.

* * *

"방금 뭐라고 했소?"

맥주병을 내려놓는 최대성의 얼굴을 보며 차영호가 굳은 표정으로 물었다.

별장안의 거실은 'ㄷ' 자형의 소파로 장식이 되어 있었다.

소파의 상석에는 최대성과 차영호가 앉아 있었다.

조직의 간부인 조춘배와 나영배 등은 차영호의 왼쪽에 앉았다.

다른 조직원들은 최대성이 앉은 쪽에 도열하듯 있었다.

최대성이 맥주병을 차영호의 앞쪽에 밀어놓으며 입을 열었다.

"그 친구를 만나기 전에 알아 두셔야 할 것이 있습니다. 그 친구에게 딸이 있습니다. 이제 고등학생쯤 되었을 겁니다."

"지킬게 있는 사람이군요."

"만약 증언을 하지 않는다면 딸이 무사하지 않을 것이라고 해 주시면 좋겠습니다. 자식에게는 끔찍할 정도로 부정을 가지고 있는 친구이니 좋은 협박 조건이 될 겁니다. 아들도 있는데 지금은 입대를 해서 큰 도움이 안 될 겁니다."

최대성은 친절하게 김찬호를 협박할 소스까지 안겨주었다.

하지만 차영호에게 여학생, 그것도 여고생이라면 자다가도 벌떡 일어날 정도로 두려운 존재였다.

하지만 최대성은 그런 사실을 전혀 알지 못했다.

차영호가 어금니를 꽉 깨물었다.

"그러니까… 당신 친구가 끝까지 증언을 하지 않겠다고 하면 그 친구의 딸을 납치하겠다고 협박하라는 겁니까?"

최대성이 히죽 웃었다.

"그렇습니다. 자식을 목숨보다 아끼는 친구이니 아마도 그런 협박을 한다면 그 친구도 쉽게 굴복할 수밖에 없을 겁니다."

차영호가 미간을 좁히며 입을 열었다.

"그래도 거절한다면 어쩔 거요?"

차영호의 말에 최대성이 어금니를 꽉 깨물었다.

"그렇게까지 되지는 않겠지만 그래도 고집을 피우면 진짜 그 친구의 딸을 여기로 데려와 그 친구가 보는 앞에서 큰형님 마음대로 하셔도 됩니다."

차영호가 물끄러미 최대성을 바라보았다.

자신도 나쁜 놈이지만 눈앞의 최대성은 인간의 탈을 쓴
거머리 같은 놈이라는 생각이 들었다.

차영호가 앞에 놓인 맥주병을 잠시 바라보다가 입을 열
었다.

"그 사람의 입에서 당신이 원하는 증언을 하겠다는 말이
나오는 순간 우리에게 그 즉시 10억 원을 지급해야 합니
다. 그 사람을 어떻게 협박하든 그것은 우리가 알아서 할
테니 걱정하지 마시고."

차영호의 말에 최대성이 눈을 껌벅였다.

애초에 김찬호에게 제시한 금액은 5억 원이었다.

하지만 김찬호가 고집을 부리는 바람에 10억 원이라는
거액이 만들어졌다.

최대성으로서는 생각지도 않았던 지출이었다.

하지만 이제는 김길수 패거리들의 조직 큰형님이라는 존
재가 끼어들었다.

어차피 10억 원이라는 돈은 증언을 받아내는데 사용될
돈이었다.

그게 누구의 손에 들어가도 상관없었다.

최대성이 입을 열었다.

"그 친구에게서 증언을 하겠다는 확답을 받아내면 선금
으로 5억을 지급하지요. 그리고 일이 마무리 되면 남은 5
억을 지급하겠습니다."

"분할 지급을 하시겠다?"

"그 친구가 여기 계신 분들의 앞에서는 증언을 하겠다고 하곤 정작 증언을 하지 않는다면 제가 곤란해집니다."

만약 김찬호가 법정에서 증언을 번복하게 되면 곤란해진다.

김찬호가 법정에서도 확실하게 증언을 해주어야 박규동에게 약속한 돈을 받을 수 있기 때문이다.

그래서 이 자리에서 10억 원을 몽땅 주는 것은 불안했다.

"그런 일은 없을 거요. 증언을 하겠다는 확답을 듣는 순간 10억을 지불하셔야 합니다. 당신이 염려하는 일이 일어나지 않게 해줄 테니 안심하고 10억 넘기시오."

차영호의 단호한 말에 최대성이 눈빛이 흔들렸다.

만약 김찬호가 협박에 어쩔 수 없이 증언 하겠다고 약속한다면 당장 10억을 지불해야 했다.

그렇게 되면 박규동에게 받은 선금 외에 자신의 생돈 6억까지 나가야 했다.

만약 일이 잘못되면 6억을 그대로 날릴 수 있다는 생각이 들었다.

망설이는 최대성의 얼굴을 보며 차영호가 물었다.

"그나저나 당신이 이렇게 큰돈을 부담하면서까지 확답을 받아내려는 증언이 뭐요?"

최대성이 차영호를 바라보며 대답했다.

"아동 학대에 관한 증언입니다."

"아동 학대?"

차영호의 미간이 좁혀졌다.

최대성은 김길수 패거리들에게 했던 말을 다시 반복했다.

"제 친구가 지내고 있는 집에 살고 있는 아이의 친부가 아이를 학대했다는 증언만 해주면 됩니다. 간단한 증언이지요."

최대성이 차영호를 보며 머리를 끄덕이며 말을 이었다.

"좋습니다. 그 친구가 증언 하겠다고 약속만 하면 10억을 넘겨드리지요."

최대성이 한쪽에 앉아 있는 김길수 패거리들을 보며 말했다.

"여기 자물쇠 열쇠 가져가서 노래방에 가둬놓은 그 친구 데려와."

최대성은 10억에 대해 미련을 버리기로 결심했다.

김찬호의 입에서 증언 하겠다는 확답만 받아내면 박규동에게 더 큰 돈을 받아 낼 수 있었다.

그러니 미련을 가지지 않기로 한 것이다.

김길수가 최대성이 던져준 열쇠 꾸러미를 받아들고 일어섰다.

"어떤 집이기에 그런 증언이 필요한 거요? 그게 10억을 사례금으로 지불할 정도의 가치가 있는 일인가?"

최대성이 대답했다.

"저도 내막은 잘 모릅니다. 저 역시 누군가로부터 의뢰를 받아 일을 진행하고 있으니까요."

"친구라 하지 않았나?"

"그게… 제 친구가 집사로 있는 집이더군요."

"집사?"

"조직의 큰형님이시라고 하니 아시겠군요. 혹시 백룡그룹이라고 들어보셨습니까?"

순간 차영호의 얼굴이 딱딱하게 굳어졌다.

"백룡…그룹?"

"예. 그 정도 거물이니 10억이라는 거금이 사례금으로 지급되는 거지요."

말을 하던 최대성의 눈에 차영호의 얼굴이 하얗게 질리는 것이 들어왔다.

"왜 그러십니까?"

최대성이 막 차영호를 보며 말을 하는 순간.

별장 밖의 주차장 공터로 백색 마이바흐가 천천히 들어섰다.

끼익—

"여기야, 오빠."

차 문이 열리면서 이강현과 유나 클라시스가 모습을 드러냈다.

그들과 함께 수행비서인 남현일도 차에서 내렸다.

이강현이 주변을 둘러보며 이마를 찌푸렸다.

"김 집사님이 갑자기 하던 일을 멈추고 몰래 찾아올 만한 곳은 아닌 것 같군."

낮은 목소리로 중얼거리는 이강현의 눈빛이 서늘하게 가라앉았다.

유나 클라시스가 별장을 물끄러미 바라보다가 입을 열었다.

"슬기 아빠 여기에 계셔. 안에 손님들도 많네. 그런데……."

말을 하는 유나 클라시스의 얼굴이 살짝 굳어졌다.

그녀의 기감에 익숙한 느낌의 기운이 읽혀졌기 때문이다.

별로 유쾌하지 않은 기운이었다.

유나 클라시스의 입가에 어이없다는 느낌이 담긴 실소가 떠올랐다.

"풋, 이 인간을 여기서도 만나네."

유나 클라시스의 두 눈이 별처럼 반짝이면서 별장을 우두커니 바라보고 있었다.

                    *   *   *

퍼석―!

차영호가 급하게 일어났다.

그 바람에 앞에 있던 맥주병이 바닥에 떨어지며 하얀 거
품이 사방으로 튀었다.

"왜, 왜 그러십니까?"

"당신, 지금 누굴 건드린 것인지 알아?"

"그게 무슨…….”

최대성이 눈을 치켜뜨며 차영호를 바라보았다.

이런 차영호의 반응은 전혀 예상하지 못한 것이었다.

다른 부하들도 마찬가지였다.

"형님, 왜 그러십니까?"

그들은 차영호를 바라보며 어리둥절한 표정을 지었다.

그때 김길수가 김찬호를 데리고 거실로 들어섰다.

김찬호의 얼굴은 돌처럼 딱딱하게 굳어져 있었다.

그런 김찬호를 바라보는 차영호의 얼굴이 처참하게 일그
러졌다.

차영호는 김찬호의 얼굴을 알지 못했다.

하지만 그가 이강현 회장의 집사라는 사실에 가슴이 철
렁 내려앉았다.

절대로 엮이고 싶지 않은 집안의 사람이 자신의 앞에 있는 것이다.

"크윽……."

차영호는 자신도 모르게 어금니를 부서질 듯이 깨물었다.

또다시 유나 클라시스와 관련된 일에 엮였다.

마음 속 깊은 곳에서 밀려오는 두려움에 가슴이 떨려왔다.

최대성은 하얗게 질린 차영호의 표정을 이해할 수 없었다. 조직 폭력배들에게 큰형님으로 불리는 그가 김찬호를 두려워하며 보는 것이 이해되지 않았다.

최대성은 차영호를 향해 입을 열었다.

"제가 말한 이강현 회장 저택의 집사가 저 친구입니다. 제가 부탁한 대로 이강현 회장의 아동 학대를……."

하지만 최대성은 말을 마저 할 수 없었다.

차영호가 자신을 죽일 것처럼 노려보았기 때문이다.

최대성이 멍한 표정을 지으며 차영호를 바라보았다.

"왜… 그러십니까?"

왜 자신에게 저런 반응을 보이는지 알 수 없었다.

차영호는 어금니를 깨물며 최대성을 향해 입을 열었다.

"최 사장이라고 했지? 당신, 지금 이 일이 얼마나 큰일인지 모르겠지?"

최대성이 굳은 표정으로 되물었다.

"그, 그게 무슨 말씀이십니까?"

한쪽에서 갑작스런 차영호를 놀란 눈으로 보고 있던 뼈다귀 조춘배가 차영호를 보며 눈을 껌벅이며 물었다.

"귀껌 형님. 왜 그러십니까?"

조춘배도 갑작스런 차영호의 태도가 이해가 되지 않는다는 표정이었다.

차영호가 어금니를 꾹 깨물며 조춘배를 노려보았다.

"이 새끼야. 지금 이 사람이 누굴 건드렸는지 몰라?"

"예, 예?"

"시X, 다 집어 치우고 지금 모두 돌아간다."

차영호는 뇌리에는 부산의 자갈치 마귀 장태영도 가볍게 두들겨 패던 모습이 선명했다.

거대한 체구의 장태영이 처참히 두들겨 맞던 모습을 생각하면 아직도 온몸에 소름이 돋았다.

차영호의 갑작스런 호통에 그의 부하들과 최대성이 멍한 표정을 지었다.

나용배가 물었다.

"형님, 왜 그러십니까? 갑자기 돌아간다니요?"

작은 돈도 아닌 10억이라는 큰돈이 걸린 일이었다.

조직의 상황이 그렇게 여유롭지 않은 상황이었기에 더더욱 차영호의 행동은 이해되지 않았다.

하지만 차영호는 이미 결정을 내렸다.

지금 10억이 중요한 게 아니었다.

"최 사장, 우린 이 일에 끼어 들고 싶은 생각이 없어. 10억이 아니라 100억이라고 해도 절대로 끼어들지 않는다는 말이야. 그리고…….'

차영호의 시선이 다급하게 김찬호를 향했다.

"우리는 이 일에 관련되고 싶지 않소. 이 일은 전부 당신의 친구인 저 최 사장이 독단적으로 벌린 일이라는 것을 알아주시면 고맙겠소."

적어도 김찬호에게는 자신들이 관련되어 있지 않다는 사실을 알려야 했다.

나중에 유나 클라시스가 이번 일에 대해 알게 될 지도 몰랐다.

그때를 위해서라도 지금 확실히 못을 박아둘 필요가 있었다.

갑작스런 상황에 김찬호가 멍한 표정으로 귀껌 차영호를 바라보았다.

최대성이 당황한 표정으로 입을 열었다.

"아, 아니 갑자기 이러시면 어쩝니까?"

"우리는 분명히 이번 일과 관련이 없다고 말을 했소."

"약속대로 저 친구의 입을 통해 증언을 하겠다는 확답만 받아 주시면 10억을 당장 드린다고 하지 않았습니까?"

최대성은 10억이라는 돈으로 그들을 붙잡으려 했다.

하지만 차영호는 최대성을 노려보았다.

"당신이 무슨 일을 꾸미던 상관하지 않겠어. 저분에게 그 황당한 증언을 강제로 받아내는 것이 당신에게 어떤 이득을 안겨줄 수 있는지도 궁금하지 않아."

"뭐요?"

"한 가지 알려주지. 최 사장, 당신. 건드리면 안 되는 사람을 건드린 거야."

진심이 담긴 경고였다.

차영호가 당황한 표정으로 소파에 앉아 있는 부하들을 보며 입을 열었다.

"뭐해? 퍼질러 앉아 있지 말고 일어나, 새끼들아. 지금 당장 돌아간다고 했잖아."

"형님!"

"귀껌 형님!"

차영호의 부하들이 놀란 표정으로 엉거주춤 일어섰다.

귀껌 차영호가 이렇게 당황하는 모습은 부하들도 처음으로 보는 광경이었다.

최대성도 마찬가지였다.

조직 폭력배들도 두려워하는 차영호를 이용한다면 김찬호를 쉽게 협박할 수 있을 거라 생각했다.

거기에 김찬호의 딸까지 들먹인다면 김찬호는 증언할 수

밖에 없으리라 생각했다.

하지만 상황은 그의 생각과는 전혀 다르게 흘러갔다.

"이게 무슨……."

최대성이 차영호에게 제안한 10억은 결코 작은 돈이 아니었다.

그런데 돈이라면 뭐든 하는 조직 폭력배들이 10억이라는 거금을 포기한다니.

최대성은 지금의 상황이 전혀 이해되지 않았다.

그건 이곳 별장까지 끌려온 김찬호도 마찬가지였다.

그 역시 이곳에서 모진 일을 당할 것이라 생각하며 두려웠다.

그래도 절대로 최대성이 원하는 것을 들어줄 생각은 없었다.

그런데 자신을 폭행이라도 할 것이라 생각했던 폭력배들이 스스로 물러났다.

그때였다.

"여기서 또 만나네?"

짤랑 거리는 듯한 맑은 여자의 목소리가 거실 입구 쪽에서 들려왔다.

모두의 시선이 거실로 들어서는 세 명의 남녀에게로 향했다.

차영호의 눈이 찢어질 듯 부릅떠졌다.

놀란 사람은 귀껌 차영호 뿐만 아니었다.

이미 유나 클라시스와 이강현과 마주친 경험이 있던 조춘배와 나용배도 심장이 떨어질 듯 놀랐다.

특히 조춘배는 병원에서 이강현에게 따귀를 맞고 기절했던 경험이 있었다.

그래서 이강현을 보는 순간 머리가 쭈뼛 섰다.

그제야 차영호가 왜 10억이라는 거금을 포기하고 서둘러 돌아가려 한 것인지 이해가 되었다.

같은 경험을 가진 나용배도 마찬가지였다.

하지만 다른 부하들은 이강현과 유나 클라시스를 몰랐다.

그래서 어리둥절하게 그들을 바라보았다.

그 중 가장 놀란 사람은 김찬호 집사였다.

"회, 회장님, 아가씨……."

유나 클라시스가 김찬호를 보며 입을 열었다.

"슬기가 아빠 때문에 많이 걱정하고 있는데 여기서 뭐하세요?"

김찬호가 더듬거렸다.

"그게……."

"말씀하지 않으셔도 알아요. 일부러 이런 외진 곳에 오실 분이 아니라는 것 말이에요."

유나 클라시스가 미소를 지으며 말했다.

그녀는 김찬호가 이런 질 나쁜 인간들과 어울릴 사람이 아니라는 걸 알고 있었다. 그때 이강현이 거실에 있는 사람들을 보며 나직한 목소리로 물었다.

"얼핏 들으니 우리 집사님에게 증언을 하게 하면 10억 원을 준다고 한 것 같은데, 무슨 내용인지 물어도 될까?"

이강현의 목소리는 차가웠다. 차영호가 하얗게 질린 얼굴로 이강현의 얼굴을 바라보았다.

그의 얼굴을 본 유나 클라시스가 입을 열었다.

"전에 내가 말했지? 어떤 식으로든 나와 연관된 일로 다시 만나게 된다면 그때는 이빨이 아니라 팔다리를 다른 것으로 맞춰서 끼워 넣도록 해주겠다고."

유나 클라시스의 눈빛은 얼음처럼 차가웠다. 차영호가 두려움에 몸을 떨다 더듬거리며 자신을 변호했다.

"저, 저는 이 일과 관련이 없습니다."

"그럼 여기에 왜 당신이 있는 거야?"

유나 클라시스의 말에 차영호가 자신도 모르는 사이 솟아난 이마의 땀방울을 손으로 닦으며 입을 열었다.

"그게… 저도 모르는 사이에 동생 몇이 저 사람이랑 관련되어 왔습니다. 진짜 저는 모르는 일이었습니다."

두 번 다시 유나 클라시스와 엮이고 싶지 않았던 그는 필사적으로 변명했다.

이강현이 그런 차영호를 보며 입을 열었다.

"좀 전에 들었던 우리 집사님이 해야 한다는 그 증언이라는 것이 뭔지 말해 주시겠소?"

차영호가 눈을 껌벅였다. 그로서는 어디서부터 말을 해야 할 것인지 판단이 서지 않았기 때문이었다.

이강현의 말에 대답을 한 것은 김찬호 집사였다.

"회장님과 사모님께서 소영이를 학대한다는 증언을 제 입을 통해 들으려 했답니다."

김찬호 집사의 말에 이강현과 유나 클라시스의 얼굴이 굳어졌다.

"…나와 어머니가 소영이를 학대한다고?"

"뭐라고요?"

이강현과 유나 클라시스의 눈이 부릅떠졌다.

"제가 예전에 회장님께 말씀드린 친구에 대해 기억하십니까? 제 돈을 모두 사기 쳐서 훔쳐갔다는 친구 말입니다."

이강현도 이미 김찬호의 사연은 들어서 알고 있었다.

"건물을 사서 김 집사님의 가게를 만들어 주겠다고 속이고, 돈을 몽땅 가지고 달아났다던 그 친구 말입니까?"

"예, 기억하시는군요."

"이름이 최대성이라고 하셨던 것 같은데……."

이강현은 김찬호의 억울한 사연을 지금도 정확하게 기억하고 있었다.

"맞습니다. 바로 저 자가 그때 그 친구입니다."

김찬호가 최대성을 손으로 가리켰다.

한편 최대성은 당황스러웠다. 이곳은 자신의 친구들에게도 알려주지 않았던 은밀한 장소였다. 그런데 백룡그룹의 이강현 회장은 정확히 찾아왔다. 그 곁에 있는 여고생은 심장이 뚝 떨어질 정도로 아름다웠다.

"한동안 잊고 있었는데 어제 갑자기 저 친구가 저를 찾아왔더군요. 서로 놀랐지요. 제가 회장님의 저택에서 집사를 하고 있을 거라고는 저 친구도 몰랐던 것 같았습니다."

이강현이 굳은 표정으로 물었다.

"그래서요?"

"처음에는 절 속였던 걸 사과하고 돈을 돌려주기 위해 찾아왔다고 생각했습니다만… 그건 아닌 것 같았습니다."

"그럼 저 사람이 집사님을 찾아온 이유가 우리 소영이 때문이었습니까?"

"네. 절 회유해서 회장님과 큰 사모님께서 소영이를 학대한다는 증언을 하길 원하더군요. 그 증언을 말하는 걸제가 승낙한다면 가져간 저의 돈을 모두 돌려주겠다면서요."

김찬호의 말을 들은 이강현이 이를 악 물었다.

다른 사람도 아닌 소영이가 걸린 문제였다.

그의 시선이 하얗게 질린 얼굴로 자신을 바라보고 있는

최대성의 얼굴로 향했다.

"우리 집사님에게 왜 그런 말도 되지 않는 증언을 하라 요구했소?"

이강현의 말에 최대성이 더듬거렸다.

"그, 그게······."

최대성의 이마에서 진땀이 솟았다.

자신이 수습하지 못할 상황이 벌어졌다.

차영호들도 자신의 편을 들어줄 것 같지 않았다.

아니, 오히려 이강현의 눈치를 살피며 두려워하는 모습이었다. 그래서 어떤 말을 해야 할지 갈피를 잡을 수 없었다. 유나 클라시스가 최대성을 노려보며 입을 열었다.

"속일 생각하지 말고 순순히 대답하는 것이 좋을 거야. 우리 오빠와 할머니가 소영이를 학대했다는 말도 되지 않는 증언이 왜 필요한 거지?"

그러자 옆에서 듣고 있던 차영호가 끼어들었다.

그로서는 어떻게든 이강현과 유나 클라시스의 분노가 자신들에게 미치는 것을 막아야 했다.

"저희에게 말한 10억도, 그 증언을 하겠다는 확답을 받아내면 주겠다고 했습니다."

"그래?"

"저는 이번 일이 유나 아가씨의 집사님과 관련되어 있다는 걸 알고 바로 발 빼려 했습니다."

차영호는 빠져나가기 위해 자신이 알고 있는 모든 것을 털어놓았다. 차영호의 말에 최대성이 이를 질끈 깨물었다. 이강현이 최대성을 물끄러미 바라보았다. 소영이가 관련된 일은 절대로 가볍게 넘어갈 수 없었다.

"이 일에 대해서 설명해 주겠소?"

이강현의 눈빛이 얼음처럼 차갑게 가라앉았다.

〈다음 권에 계속〉